100 TEXTE FÜR DEN FRIEDEN

Ein Hilfsprojekt für die Kinder
der Ukraine 2022

»War is Peace

Freedom is Slavery

Ignorance is Strength.«

AUS: GEORGE ORWELL
ANIMAL FARM (1948)

100 TEXTE FÜR DEN FRIEDEN

SCHAUMBERG

Impressum
Bibliografische Informationen der Deutschen Nationalbibliothek:
Die Deutsche Nationalbibliothek verzeichnet diese Publikation in der Deutschen Nationalbibliografie; detaillierte bibliografische Daten sind im Internet abrufbar über: http://dnb.d-nb.de

ISBN 978-3-941095-94-6

Idee: Matthias Schäfer, Tom Störmer

Verlag:
Edition Schaumberg, Brunnenstraße 15, 66646 Marpingen
Telefon 06853 502380
info@edition-schaumberg.de, www.edition-schaumberg.de

1. Auflage, April 2022

Gestaltung, Satz: Tom Störmer, Marpingen
Schrift: Thesis
Druck, Verarbeitung: Kern GmbH, Bexbach

Aus Gründen der besseren Lesbarkeit wird auf die gleichzeitige Verwendung der Sprachformen männlich, weiblich und divers (m/w/d) verzichtet. Sämtliche Personenbezeichnungen gelten gleichermaßen für alle Geschlechter.
Und sollte sich trotz mehrfacher Korrektur noch irgendwo ein Druckfehlerteufelchen eingeschlichen haben, bitten wir schon vorab um Entschuldigung.

Wir bedanken uns bei allen Autoren, die unser Projekt
»100 Texte für den Frieden«
spontan und uneigennützig unterstützt haben!
Der Erlös dieses Projektes kommt über »Herzenssache«
den Kindern eines Krieges zu,
den ein Mann alleine zu verantworten hat: Wladimir Putin.

Wir verabscheuen seinen Krieg gegen die Ukraine,
verurteilen seine Morde und Hinrichtungen an freiheitsliebenden
und unschuldigen Kindern, Frauen, Männern.
Wir fordern seine Verurteilung
durch den Internationalen Strafgerichtshof in Den Haag
und eine vollständige Wiedergutmachung
der durch Russland verursachten Schäden in der Ukraine.

Wir stehen für Frieden und Freiheit für alle Menschen dieser Welt!

Die Initiatoren dieses Projektes
Katja Bohlander-Sahner, Matthias Schäfer, Tom Störmer

Mit Beiträgen von:

Yasmin Abbas [154]

Amina Anja Amelal [26]

Petra Auernhammer [146]

Esther Ben Mohamed [94]

Martina Berscheid [142]

Katja Bohlander-Sahner [120]

Allegra Bosch [170]

Klaus Brabänder [32]

Clara Brill [190]

Jürgen Brill [172]

Thea Buch [36]

Frederic Buchheit [98]

Sebastian Bulker [14 | 194]
Jennifer Altkorn [14 | 194]

Reiner Calmund [18]

Joachim Conrad [20]

Jürgen Dahm [66]

Daniel Dakuna [74]

Nelia Dorscheid [202]

Jørn Dreßler [114]

Malte Eikenberg [136]

Tanja Endres-Klemm [164]

Michael Engel [53]

Daniela Ewen [80]

Dagmar Finger [72]

Gitte Frank [102]

Martin Gehring [184]

Annelie Gerhard [70]

Simon Gerhol [156]

Erwin Gisch [28]

Nora Gomringer [68]

Boris Greff [16]

Mailin H. [134]

Dominik Hammes [90]

Tobias Hans [44]

David Sebastian Hauck [82]

Gerd Heger [100]

Rüdiger Heins [152]

Lou Helfrich [130]

Marc Heydrich [140]

Andreas Hufschmidt [58]

Dirk Jäger [86]

Olaf Jaeger [11]

Reinhold Jost [42]

André Jungmann [188]

Tanja Karmann [166]

»Manchmal entstehen aus Wut
und Verärgerung gute Ideen.
Wenn man dann noch Partner findet,
die bei der Umsetzung helfen, ist das perfekt.
Wir hoffen, dass unsere Texte für den Frieden
im Sinne der Menschen sehr erfolgreich werden!«

Matthias Schäfer, Logopäde

»Ich hatte bereits unmittelbar
nach dem Überfall Russlands auf die Ukraine
das Gefühl, dass viele Menschen
darüber reden wollen. Sie waren nicht damit
einverstanden, was passiert.
Wir wollten ihnen mit diesem Buch
eine Plattform bieten und mit dem Erlös
etwas für die Kinder in der Ukraine tun.«

Tom Störmer, Edition Schaumberg

Es war für alle an dem Projekt Beteiligten sensationell, was wir innerhalb von drei Wochen an Texten von Euch erhalten haben. Dafür bedanken wir uns aufs Herzlichste!

Am Anfang dieses Buches steht ein Text, der ein wenig aus der Reihe tanzt, der nicht so recht zu den anderen passen will.
Olaf Jaeger, Rechtsanwalt und Präsident des Saarländischen Anwaltvereins, wirft in seinem Beitrag einen Blick auf die internationale Rechtsprechung und deren »Wertlosigkeit« hinsichtlich einer fehlenden Möglichkeit zur Durchsetzung. Wir sind ihm dafür außerordentlich dankbar, denn niemand von uns wäre in der Lage gewesen, diesen wichtigen und entscheidenden Part so klar, so deutlich und so unprätentiös darzustellen.

Die Reihenfolge der Texte ist willkürlich und stellt keine Wertung in irgendeiner Form dar. Alle Texte sind in der gleichen Schriftart und Schriftgröße dargestellt. Das ist beabsichtigt.

Olaf Jaeger

Rechtsanwalt
Präsident des Saarländischen
Anwaltvereins

Ein Recht auf Frieden? Frieden durch Recht?

»Das Recht sichert Frieden und gewährleistet Freiheit. Es verbietet Vergeltung und Faustrecht und dient so der Vorbeugung von Konflikten. Die Rechtsordnung sorgt dafür, dass Streitigkeiten friedlich in einem geregelten Verfahren ausgetragen werden.«

So kurz und prägnant schlägt die Bundeszentrale für politische Bildung die Brücke zwischen Frieden und Recht. Als Jurist, der von Berufs wegen ein kleines Rädchen in diesem großen Gefüge zur Wahrung des inneren Friedens unserer Gesellschaft ist, frage ich, angesichts des Ukraine-Krieges, nach der internationalen Wirksamkeit des Rechts. Diesen Krieg hat das Recht nicht verhindern können, die Abschreckung der Rechtsfolgen ist offenbar nicht hoch genug, es kann ihn momentan auch nicht (kurzfristig) stoppen. Warum nur?
Die höchsten Richter am Internationalen Gerichtshofs der Vereinten Nationen (IGH) hatten in einem Eilverfahren am 16. März 2022, knapp drei Wochen nach Beginn der russischen Invasion in die Ukraine, angeordnet, dass Moskau die Gewalt beenden muss. Sie gaben damit einer Klage der Ukraine statt. Das Gericht in Den Haag besitzt allerdings keine Machtmittel, um einen unterlegenen Staat zu zwingen, ein Urteil umzusetzen. Es könnte zwar den UN-Sicherheitsrat zur Unterstützung anrufen. Dort kann Russland aber jede Entscheidung per Veto blockieren. Russland lehnte eine Befolgung auch direkt am 17. März ab. Recht bekommen und Recht durchsetzen ist häufig zweierlei. Und für das Hauptsacheverfahren wurden gerade die Stellungnahmefristen gesetzt – sechs Monate und ein Jahr. Gerichtliche Verfahren dauern lange, zu lange für die bedrohten Menschen in den umkämpften Regionen.
Der Krieg in der Ukraine beschäftigt auch andere internationale Gerichte bereits intensiv. Der Europäische Gerichtshof für Menschenrechte (EGMR in Straßburg) erließ Anfang März eine einstweilige Maßnahme gegen Russland, den Angriff auf die Zivilbevölkerung der Ukraine sofort zu unterlassen. Am 17. März verkundete der EGMR jedoch, aufgrund des Ausschlusses Russlands aus dem Europarat, zwangsläufig weitere Anträge gegen das Land vorerst nicht prüfen zu können. Damit war auch diese Entscheidung nicht durchsetzbar.

►

Eine frustrierende Erkenntnis für einen Juristen. Ein kleiner Hoffnungsschimmer dann am 22. März mit einer weiteren Resolution des EGMR: Russland verliert seine Eigenschaft als Vertragspartei der EMRK erst am 16. September 2022, damit verbleibt eine Zuständigkeit für alle Beschwerden gegen Russland, die bis zu diesem Datum eingereicht werden, die Verfahren laufen also weiter.
Momentan laufen außerdem Ermittlungen gegen Russland vor dem Internationalen Strafgerichtshof (IStGH, auch in Den Haag). Die Reichweite des internationalen Rechts ist leider beschränkt. Nicht nur die USA haben erklärt, dass sie mit dem IStGH nicht zusammenarbeiten wollen. Auch China, Indien, Israel, Kuba, Russland, Pakistan und andere Staaten haben ihn noch nicht anerkannt. Für diese greifen dann viele internationale Strafrechtsnormen nicht. Der Internationale Strafgerichtshof ist kein UN-Gericht, sondern beruht auf einem völkerrechtlichen Vertrag, dem Römischen Statut, das von 123 Staaten, inklusive Deutschland, ratifiziert wurde. Zwar ist auch die Ukraine kein Vertragsstaat des Römischen Statuts. Sie hat sich aber in zwei Erklärungen von 2014 und 2015 der Rechtsprechung des IStGH für alle Verbrechen ab November 2013 unterworfen. Damit kann der IStGH zumindest Verbrechen auf ukrainischem Boden untersuchen.
Nur wenige Länder auf der Welt haben eine (eigene) Friedensverpflichtung in ihrer Rechtsordnung, wie etwa Deutschland in seinem Grundgesetz Art. 26:
»Handlungen, die geeignet sind und in der Absicht vorgenommen werden, das friedliche Zusammenleben der Völker zu stören, insbesondere die Führung eines Angriffskrieges vorzubereiten, sind verfassungswidrig. Sie sind unter Strafe zu stellen.« Damit soll ein innerstaatlicher Schutz des äußeren Friedens gewährleistet werden – aber ist die Vorstellung, mit Hilfe von Strafdrohungen Kriege verhindern zu können, nicht ein juristisches Wunschdenken? Unsere Gesellschaft wird hiervon geprägt, aber weltweiter Standard ist dies nicht. Hier gibt es leider noch viel zu tun.
Weltweit gilt die Genfer Konvention von 1864 und die Haager Landkriegsordnung von 1899, die nur die Art und Weise der Durchführung von Kriegen regeln und für den Fall eines Krieges oder eines internationalen oder nicht internationalen bewaffneten Konflikts Regeln für den Schutz von Personen, die nicht oder nicht mehr an den Kampfhandlungen teilnehmen, enthalten, also beispielsweise den Schutz von Zivilisten.
Die Charta der Vereinten Nationen (UNO) verbietet in ihrem Art. 39 den Angriffskrieg als klaren Verstoß gegen

Völkerrecht, gleichsam die schwerwiegendste Form der Verletzung des Weltfriedens. Eine Weiterentwicklung hat der Begriff des Angriffskrieges bzw. der Aggression im (Völker-)Strafrecht gefunden in Artikel 8bis des Römischen Statuts über den Internationalen Strafgerichtshof – seit 2010 und ins deutsche Recht 2016 übernommen. Seit 2018 kann der IStGH damit auch Angriffskriege verfolgen – aber wie gesagt sind unter anderem Russland, China und die USA nicht dabei. Die Handelnden persönlich zur Rechenschaft zu ziehen wird also schwer. Das Recht stößt an seine Grenzen – obwohl Grenzen eindeutig verletzt worden sind.

Für viele Staaten und Staatslenker ist Krieg vielleicht nicht mehr der »Vater aller Dinge« (Heraklit von Ephesos vor 2500 Jahren), aber leider doch die »Fortsetzung der Politik mit anderen Mitteln«, so das berühmte Zitat Carl von Clausewitz vor knapp 200 Jahren, wobei dieser auch festhielt: »Der Krieg ist also ein Akt der Gewalt, um den Gegner zur Erfüllung unseres Willens zu zwingen.« – Und damit das genaue Gegenteil von Politik, das Gegenteil von internationalem Recht.

Jeder hat das Recht auf Frieden, in verschiedensten Varianten ist es gesetzlich normiert, auch international. Und doch gelingt es dem Recht immer noch nicht, überall den Frieden durchzusetzen oder zumindest im Nachhinein die Verantwortlichen zur Rechenschaft zu ziehen (und dadurch präventiv abschreckend gegen zukünftige Gräueltaten zu wirken).

Was bleibt, ist daher ein Appell an die Politik. »Zu sagen *Hier herrscht Freiheit* ist immer ein Irrtum oder auch eine Lüge: Freiheit herrscht nicht.«, sagte Erich Fried. Doch es ist und bleibt Aufgabe aller Herrschenden, für Frieden und Freiheit zu sorgen. Mit allen politischen und rechtlichen Mitteln den Rahmen zu bilden. Und an der Fortentwicklung rechtlicher Möglichkeiten weiterzuarbeiten. Denn das Recht garantiert den Frieden noch lange nicht ausreichend, sanktioniert Kriege (und Kriegstreiber) viel zu wenig, von der mangelnden Durchsetzbarkeit ganz zu schweigen.

Ein juristisch unbefriedigender Befund. Alle Menschen haben ein Recht auf Frieden, doch das Recht schafft es (noch) nicht, den Frieden auch durchzusetzen. Zumindest für unsere Kinder und Kindeskinder müssen wir alle daran mitarbeiten.

■

Sebastian Bulker

Jennifer Altkorn

Autorenehepaar

Frage? Zum Aufwachen

War der Alptraum,

aus dem

ich aufwachte,

übler als der,

in dem

ich aufwachte?

■

Boris Greff

Lehrer, Autor, Übersetzer

Marginal imperial

Träume von Größe, von untergegangenen Reichen,
ein fiebriger Albtraum, surreal;
bei diesem Brudermord schützt auch kein Kainszeichen;
auch der mächtigste Tyrann endet stets fatal.

Jeder Tropfen Blut färbt einen Ozean aus Empörung;
jede Träne wird zu einem Meer aus Leid;
statt stolzer Einheit nur Hass und Zerstörung;
statt Träume Traumata, in alle Ewigkeit.

Kein Phönix in der Krematoriums-Asche;
ein Reich ist arm, gründet es nur auf Macht und Gier;
die Propaganda lügt sich in die eigene Tasche;
die ersehnte Großmacht gibt es nur auf dem Papier.

Nicht unterbekriegen lassen

Detonationen zerstören Nationen
verstörende Gewalt in absolutem Monopol
Schreckensbilder trotz Abschreckung
Misshandlungen statt Verhandlungen
Leiden und Mitleiden, alles Verleiden
Bellum aeternum bringt manchem profitable Verluste
Krieg, Katalysator des Todes,
der uns doch eh ohnehin sowieso alle ereilt.
Der tägliche Überlebenskampf
könnte uns schon einen Augenblick einen,
wenn man es so bedenkt.
Denkmal? Frieden? Geschenkt.

Reiner »Calli« Calmund

Ehemaliger Fußballfunktionär

Wir alle kennen die Sonntagsreden verantwortlicher Politiker, die von Frieden, Freiheit und Sicherheit sprechen. Auch ich höre das gerne, weil es beruhigt. Wenn die gleichen Politiker aber kurze Zeit später die Welt in Brand setzen, dann kommt mir – Verzeihung – das kalte Kotzen.
Wir sehen aktuell zu jeder Tages- und Nachtstunde das Ergebnis ihrer Unfähigkeit, Probleme am Verhandlungstisch zu bereinigen. Typen wie der russische Präsident Wladimir Putin treffen unmenschliche Entscheidungen mit verheerenden Ergebnissen: Angst, Elend, Hunger, Not und Tod. Es sind unerträgliche Momente der Hilflosigkeit und der Angst.
Es sind aber auch Momente der Hilfsbereitschaft, eine große Welle schwappt momentan durch ganz Europa mit dem Ziel, den Opfern dieses sinnlosen Überfalls zu helfen, so gut es geht.
Unsere Farben sind in diesen Tagen blau und gelb, sie symbolisieren den Widerstand ebenso wie die Bereitschaft, das zu tun, was wir tun können.
Ob Rotes Kreuz, Malteser, Caritas, die Kirchen, ob RTL oder Bild – sie alle und viele Firmen und Privatinitiativen zeigen ein Herz für die Menschen, die Hilfe nötiger haben denn je.
Es sind – ich denke, das ist menschlich – die persönlichen Aktionen guter Freunde, die mich in diesen Tagen besonders bewegen. Meine »Let's Dance« Lieblings-Jurorin Motsi Mabuse (40) sammelte in Kelkheim (Hessen) Hilfsgüter für die Ukraine. Ihr Mann Evgenij (38) transportierte mit Freunden in zwei Lkws die dringend benötigten Sachen bis zur Grenze. Motsi und ihr ukrainischer Ehemann sind vom Putin-Krieg betroffen. Motsis Schwiegereltern Lubov (58) und Vadime (70) kämpfen in Charkiw um das nackte Überleben.

Auch in meinem Saarlouiser Fitness-Studio SAM hatten vom muskulösen Bodybuilder bis zum Freizeit-Sportler alle das gleiche große Herz und schickten einen LKW mit Hilfsgütern Richtung Ukraine. Meine Frau Sylvia organisierte mit einem Unternehmen am Bodensee eine medizinische Notfall-Liege mit intensiv-medizinischer Ausstattung.
Dr. Jörg Biastoch, einer unserer besten Freunde, leidet mit seiner ukrainischen Ehefrau Liudmyla und deren Sohn Artem unter den anhaltenden Kriegs-Attacken. Jörg ist als erfolgreicher Unternehmer und Haupt-Sponsor des SC Magdeburg momentan Tag und Nacht für die Heimat seiner Frau im Einsatz.
Ich habe persönlich als Fußball-Manager die Ukraine kennengelernt. Mit Bayer 04 Leverkusen haben wir am Rande der spannenden Champions-League Spiele gegen Dynamo Kiew viele Freundschaften mit den Menschen dort geschlossen. Als DFB-Delegations-Mitglied konnten wir 2001 in der WM-Qualifikation die Ukraine besiegen und später den Vize- WM-Titel bei der WM 2002 in Korea und Japan feiern. Beim 1:1 im November 2001 erlebte ich eine wunderbar herzliche Aktion in einer Kiewer Spezial-Klinik für Kinder, die unter den Nachwirkungen der Tschernobyl-Katastrophe litten. Gemeinsam mit Uli Hoeneß und Angestellten der deutschen Botschaft verteilten wir Geschenke wie Kaufläden, Kinder-Küchen oder Autos und spielten zusammen mit diesen Kindern. Das wichtige Länderspiel am gleichen Abend lag in diesem Moment ganz klar an zweiter Stelle.

Total überrascht, aber unwahrscheinlich erfreut und stolz, bin ich von den Reaktionen unserer 11-jährigen Tochter Nicha. Stolz zeigte sie mir ihre WhatsApp-Signatur mit der ukrainischen Flagge, auf der mal ein Herz, mal eine Friedenstaube erschien. Nicha machte dies völlig selbständig, ebenso holte sie 100 Euro aus ihrer Spardose, die sie spendete und forderte meine Frau und mich auf, eine Familie aus der Ukraine aufzunehmen. Für sie war das eine selbstverständliche Aktion der Solidarität und Hilfe. Mich hat das sehr bewegt und die Frage, die ich mir stellte, lautete: »Wieso beschäftigt dieser Krieg ein 11-jähriges Kind so intensiv?«
Bei genauerem Überlegen gingen meine Gedanken zurück in die frühen 1960er Jahre. Damals beherrschte die Kuba-Krise die Schlagzeilen, die Welt stand am Rande eine Atomkrieges. Ich war zu dieser Zeit 13 Jahre alt. Es gab damals zwar nicht annähernd so viele mediale Infos wie heute, dennoch kann ich Ihnen heute noch fast jedes Detail dieser dramatischen Zeit schildern. Was mir zeigt: Kinder hatten und haben immer eine Antenne dafür, wenn das Pendel weit ausschlägt. Im Guten, leider auch im Schlechten.
Die Frage, die sich automatisch anschließt: Wie verarbeiten das die betroffenen Kinder? Jene, die in U-Bahn-Schächten Schutz vor Bomben suchen. Oder die, die in der bitteren Kälte auf der Flucht ins Ungewisse sind und gar nicht verstehen können, was um sie herum passiert. Was ist mit der Spezialklinik? Steht sie noch? Ist auch sie Ziel der Attacken?

Wir alle können nur hoffen, dass auch bei einem Typen wie Putin irgendwann die Einsicht kommt und er seinen Terror beendet. Diese Hoffnung versuche ich Nicha zu vermitteln. Von meinen Zweifeln erzähle ich meinem Kind nichts. ■

Joachim Conrad

Theologe, Hochschullehrer,
Evangelischer Pfarrer

Frieden ist nicht machbar, Frieden muss gelebt werden. Wie sehr sich auch Politiker mühen, den Frieden zu retten, so sehr muss allen klar sein: Friede muss zuerst bei uns beginnen, muss im eigenen Leben Fuß fassen. Visionäre leben uns den Frieden vor; ihr Blick geht in die Zukunft. Aber ihr Beispiel muss ansteckend wirken, muss über Wörter hinaus gehen.

Ein Visionär war Martin Luther King. Der Baptistenpfarrer und Bürgerrechtler träumte von einer Welt, in der Menschen verschiedener Hautfarbe gleichberechtigt leben können. Die USA hielten es vor kurzem noch für einen Sieg des Ermordeten, einen schwarzen Präsidenten zu haben. Solange aber weiße Polizisten unbehelligt schwarze Jugendliche erschießen können, solange ist der Traum von Martin Luther King nur Traum.

Ein Visionär war Nathan Söderblom. Unverdächtig war dieser lutherische Erzbischof in Uppsala, doch wurde er Motor der Ökumene. Wie keiner mühte er sich um die Verständigung der Konfessionen und erhoffte sich eine Gemeinschaft, die in Verschiedenheit gemeinsam das Leben annimmt. Söderblom blieben Ablehnung erspart, erhielt sogar 1930 den Friedensnobelpreis. Aber seine Vision hat sich bis heute nicht erfüllt.

Gerade in unserem Land, in dem man das Träumen verlernt zu haben scheint, blicken viele mit Argwohn auf Visionäre – und verstellen dem Frieden den Weg. In der Bibel heißt es: »Tu deinen Mund auf für die Sache aller, die verlassen sind.« Das ist nicht Aufgabe der verachteten Visionäre, sondern das ist Aufgabe aller, »die mit Ernst Christ« sein wollen, wie Luther sagte. Heute sollen wir daran denken: Die Opfer brauchen eine Stimme, der Frieden eine Hoffnung.

■

Thomas Kuhn

Buchhändler

In dem Jugendbuch »In 300 Jahren vielleicht« erzählt der Autor Tilman Röhrig von den Schicksalen der Bewohner eines kleinen Dorfes inmitten des schrecklichen und schier endlosen Blutvergießens des Dreißigjährigen Krieges. Insbesondere für die Kinder des Örtchens ist so etwas wie Frieden und Leben ohne ständige Todesangst bestenfalls als ferne Utopie vorstellbar, nicht zu ihren Lebzeiten, aber in 300 Jahren vielleicht.
Als nur eine Handvoll Horizonte von meiner eigenen, vergleichsweise behaglichen Lebensmitte entfernt ein eiskalter Despot im Cäsarenwahn aus aberwitzigen, erlogenen Gründen ein Nachbarland überfallen ließ, dessen pure Existenz ihm unerträglich und seinem Traum von vermeintlicher imperialer Größe des eigenen Reiches im Wege schien, da kam mir diese Geschichte aus einer anderen Zeit wieder in den Sinn.
300 Jahre sind längstens vergangen, und doch scheint der Menschheit ein friedliches Auskommen miteinander noch immer nicht beschieden zu sein. Und wie jedes jähe Erwachen aus einem tiefen Traum birgt auch dieses den zweischneidigen Schrecken, dass wir uns nicht nur der harten Realität gegenübersehen, sondern auch der Erkenntnis, dass alles Erleben bisher wohl nur eine Illusion war. Der Irrglaube, Kriege gehörten wahlweise der Vergangenheit oder nur anderen, fremden, weit entfernten Lebenswirklichkeiten an und brauchten uns also nicht zu beunruhigen, beträfen und bedrohten uns nicht, ist ange-

sichts des Grauens in nächster Nähe und des wieder ins Bewusstsein gerückten Weltvernichtungspotentials in den Nukleararsenalen der mittelbar oder unmittelbar Beteiligten zerstoben wie Seifenblasen im Sturmwind.
Wir hier in Europa, die wir uns behütet wähnten auf unserer Insel der Seligen (und die wir bei unserer Erzählung vom langen Frieden in Europa das Gemetzel der Balkankriege vor 30 Jahren geflissentlich ausblendeten), erblicken nun wieder das Damoklesschwert allumfassender Vernichtung, und allein der Schatten, den es auf uns wirft, lässt uns frösteln, raubt uns die gewohnte relative Sorglosigkeit, reisst uns aus liebgewonnenen vorgeblichen Selbstverständlichkeiten.
Natürlich bedrückt uns auch das Mitgefühl für das unermessliche Leid der Betroffenen, doch selbst in diesem nobelsten aller menschlichen Empfindungen scheint sich ein bitterer Beigeschmack zu mischen, denn dies Leid trifft uns diesmal umso tiefer, da wir uns so erschreckend gespiegelt sehen. Diese zerstörten Städte könnten unsere, dieser gramgebeugte Mann mein Vater, diese verzweifelte Frau meine Liebe, dieses ängstliche weinende Kind meine Tochter, mein Sohn sein.
Keine Äußerlichkeiten, keine sichtbaren Unterschiede schaffen mehr Distanz und sedieren unsere Empathie (wie es ohnehin nie geschehen sollte!), dieses Mal geht es uns nah und näher, unter die Haut, mitten ins Herz.
Das unerträgliche Elend all jener Unschuldigen, die so wie ich bis vor kurzem einfach nur ihr kleines Leben so gut wie möglich glücklich leben wollten und die sich nun hilflos Tod und Zerstörung gegenübersehen dringt nun aus Zeitungsseiten und Bildschirmen auf mich ein, es bleibt, wenn ich die Seiten schließe, es bleibt, wenn ich den Bildschirm ausschalte, es bleibt, wenn ich Glücklicher in Frieden und Überfluss bei meinem Kind und meiner Frau einschlafen darf, und es wird da sein, wenn ich wieder erwache. Und so gerne ich wieder beruhigt wäre, vielleicht ist es in diesen Zeiten meine Menschenpflicht be-un-ruhigt zu bleiben. Vielleicht ist dies unser aller Pflicht.
Denn womöglich gelingt es uns nur aus dieser Be-un-ruhigung heraus, uns niemals gegen fremdes Leid zu verschließen, den Anfängen jedweder Schrecknisse beizeiten zu wehren, und diese zerbrechliche blaue Seifenblase inmitten des kosmischen Ozeans zu einem lebenswerten Eiland zu machen.
Und wer weiß? Womöglich auch zu einem Ort ewigen Friedens.
In 300 Jahren vielleicht. ■

Armin König

Bürgermeister

Menschheitsdämmerung? Nein. Wir haben Hoffnung

[Aus meinem Tagebuch (6. März 2022)]

Ein abgewetztes Taschenbuch, hundertfach angefasst.
Lange stand es im Regal. Jetzt wieder hervorgeholt:
»menschheitsdämmerung. ein dokument des expressionismus. herausgegeben von kurt pinthus.«
Manches in dieser uralten Sammlung klingt schwülstig in unserer Zeit. Wir sind die Wucht der expressionistischen Bilder nicht mehr gewohnt. Aber die Wichtigsten der Gedichte – zum Teil aus der Zeit unmittelbar vor dem Ersten Weltkrieg – sind zeitlos und heute noch Menetekel.
»Der Krieg« zum Beispiel. Von Georg Heym.
»Aufgestanden ist er, welcher lange schlief«.
Oder von Franz Werfel, Kurt Heynicke (»Welt/wie du taumelst!«), August Stramm.
Die Schrecken des Krieges sind damals schon dramatisch expressionistisch in Worte und Bilder übersetzt worden.
Wir wissen, wie es endete.
Und heute? Nichts gelernt aus den Schrecken der Kriege? Dass Putin im Kreml – er ist kein Dämon, er ist nur ein Mensch – Willens ist, die Welt in Brand zu setzen, sie in den atomaren Untergang zu schicken, wenn man ihm nicht seinen Willen tut, dass er berserkerhaft Millionen Unschuldige zu Opfern macht, plagt uns Tag und Nacht.
Und doch: ist da Hoffnung.
Es sind Frauen, die Mut machen und trösten. Julia aus Baraniwka in der Ukraine, die Frau des Bürgermeisters, schreibt, und es zerreißt uns das Herz: »Eure Unterstützung ist so unendlich wichtig in diesen schwierigen Zeiten für die Ukraine. In unserer Stadt Baranivka ist es noch ruhig. Aber unsere Jungs verteidigen schon unsere Heimat. Wir sind jeden Tag, jede Nacht in voller Bereitschaft. Und voller Angst. Halten wir einander fest! Gott sei mit uns!«

Wir bangen mit Julia und Millionen Ukrainern, die um ihre Freiheit kämpfen und dafür ihr Leben riskieren. Von Else Lasker-Schüler lesen wir: »Wir wollen wachen die Nacht, / In den Sprachen beten, // Die wie Harfen eingeschnitten sind.« Aber da fällt kein »großer Stern in meinen Schoß«. Wo bleibt es, das Wunder der Nacht? Wird es kommen?

Noch bleibt es aus. Putin bombt weiter. Doch gibt es die andere Hoffnung: Diese weltweite Macht der Solidarität, die Kraft der Gemeinschaft, zu spenden, zu helfen und auf die Straße zu gehen, um Zeichen zu setzen für Frieden und Freiheit. Und wieder schreibt Julia Eismont-Mige. Diesmal hat Tuchóws Bürgermeisterin Magda Marszalek die Botschaft der neuen Freundin aus der Ukraine für uns übersetzt: »Vielen Dank für die Unterstützungsbriefe, Anrufe, medizinische, humanitäre und finanzielle Hilfe, die Aufnahme unserer Frauen und Kinder und die Hilfe, die tausendfach Leben rettet!« Sie habe uns alle ins Herz geschlossen, Menschen aus allen Teilen Europas. Ja, Europa ist unser Glück, unsere Rettung. Diese Bereitschaft, füreinander da zu sein, macht Mut und tut gut. Millionen Freiwillige, die in diesen Tagen einfach nur helfen. Welch eine Erfahrung: Grenzenlos Hilfe und Hoffnung und Kraft und Solidarität.

In unserer WhatsApp-Gruppe ploppen sekündliche Hilfsangebote auf: Von Katharina, Inge, Heike, Marc, Sarah, Jessy, Michael, Karl, Pia, Anja, Daniela, Astrid, Ursula, Angelina, Jasmin und vielen anderen Freiwilligen. Menschen wie Du, wie ich.

Und du fragst: Ob ich doch wieder glauben kann? Den Klerikern zum Trotz? Ja, ich will. Möge der Frieden das letzte Wort haben. Mögen Präsidenten und Kanzler nicht nachlassen in ihren Bemühungen: Reden und handeln. Reden und handeln auch wir!

Und beten: Höre unser aller Rufen. Schicke Frieden in unseren Tagen, Frieden, den die Welt nicht gibt. Schicke Frieden, mein Gott, meine Göttin, wenn es dich gibt. Und rette die Welt vor dem Bösen.

Menschheitsdämmerung? Nein, mein Freund, meine Freundin. Wir haben Hoffnung auf Freiheit und Frieden. Diese grenzenlose Hoffnung macht uns stark.

■

Amina Anja Amelal

Lyrikerin

Frage der Mütter

Sie zählen die Birken am Fluss.
Am anderen Ufer stehen in Gräben
die Säulen aus Rauch.

Sie winken den Söhnen –
die Tücher sind weiß
Und weiß decken sie
weinend ihr Grab.

Sie waschen das blutende Rot
aus den Uniformen.
Das Schmerzgrau der Mütter
lässt sich nicht bleichen.

Sie sammeln die Trümmer
hinter den Panzern
und bauen ein Bett und ein Dach
für die Nacht.

Sie suchen in Scherben
und Asche und Schutt
für das Heim und das Mahl
und das Morgen.

Sie harken und jäten
die Felder von Minen.
Die Saat ist mit Stümpfen
und Wunden bestellt.

Sie bügeln den Kummer
aus ihren Gesichtern.
Zu zerbrechlich die Rücken
aus ihren Schössen.

Sie packen die Koffer –
ein paar Fotos passen
gequetscht noch mit rein.
Heimat ist jenseits von Angst.

Sie singen wie Wölfe
über den Toten.
Ihr Atem steigt warm
über das Grab.

Nicht Birke.
Nicht Fluss.
Wer gibt ihnen Antwort.
Den Müttern.

■

Erwin Gisch

Lehrer i. R.

Dass Geschichte
mehr als nur Vergangenheit ist,
nicht nur aus Geschichten besteht,
zeigt uns gerade erschreckend
die Realität:
Unberechenbar,
die Torheit der Tyrannen,
bereit zu größter Brutalität.

In Angst vor der Kraft der Freiheit!

Wenn der Humor verliert

Mir ist noch selten
so schwer gefallen,
ein Gedicht zu schreiben.
Um ehrlich zu sein,
noch nie.

Verwende gerne eine Prise Humor,
doch der fehlt mir gerade,
irgendwie:

Irren ist menschlich,
kommt überall vor.
Doch bei den Irren
dieser Welt,
mich eine Wut befällt.

Vorgeführt, verhöhnt, belogen
von ein paar machtgeilen Despoten,
beklatscht von Oligarchen und nützlichen Idioten:

Menschen verachtend,
extrem gefährlich. – Obwohl,
ohne Drohgebärde vernichtender Waffen,
wäre ihre Ausstrahlung
nur erbärmlich.

Und dennoch:
Bin
tief bewegt,

als eine Frau
mitten in Moskau
mit ihren zwei kleinen Mädchen
mutig
Blumen für den Frieden niederlegt.

■

Artem Zolotarov

Lyriker, Poetry Slammer

Versuch, die verstümmelte Welt zu besingen

Versuch, die verstümmelte Welt zu besingen.
Erinnere dich an die ferne Kultur.
An Schönheit der Sprache fernab aller Worte.
An Nähe und Wärme und ihre Natur.

Versuch, die verstümmelte Welt zu besingen.
Küsse die Narben mit Liebe im Blick.
Und schenk ihr ein Lachen,
trotz Maske und Schlingen.
Sie hängen um Ohren und nicht ums Genick.

Versuch, die verstümmelte Welt zu besingen.
Nimm sie in den Arm. Sag ihr, alles wird gut.
Sag ihr, sie ist schön, trotz der leichten Blessuren.
Ihr Henker ist blind und weiß nicht, was er tut.

Versuch, die verstümmelte Welt zu besingen.
Schenk ihr die Musik, die sie so sehr vermisst.
Erzähle Gedichte, ersinne Geschichten,
bis sie nicht mehr weint und die Krankheit vergisst.

Versuch, die verstümmelte Welt zu besingen.
Bis sie in den Schlaf ohne Träume versinkt.
Und wenn sie erwacht, und es wird nie mehr Morgen,
so weiß sie, dass doch noch ein Mensch für sie singt.

[Angelehnt an »Versuch's, die verstümmelte Welt zu besingen« von Adam Zagajewski (1945–2021)]

Klaus Brabänder

Bauingenieur i. R., Autor

Der General

Der Tag der Entscheidung rückt näher. Zum ersten Mal überkommt den General ein Gefühl, das er bis dahin nicht gekannt hatte. In all den Jahren seines beispiellosen militärischen Aufstiegs war ihm nie in den Sinn gekommen, dass er eine falsche Entscheidung treffen könnte. Zielstrebig und rasch hatte er die höchste Stufe seiner beispiellosen Karriere erreicht, alle ihm übertragenen Aufgaben stets mit Bravour erfüllt und nie Zweifel gehegt.

Sein Denken und Handeln war geprägt von unumstößlicher Notwendigkeit, strategischem Denken und nüchterner Rationalität. Ein Soldat tut, was er tun muss! Das Wohl der Nation bestimmen Verfassung und politische Situation! So einfach ist das! War es bisher!

Jetzt sitzt der General auf der Dachterrasse des Hauptquartiers und schaut in die Idylle der untergehenden Sonne. Er denkt! Ein General muss denken, der einfache Soldat nicht; der muss Befehle befolgen und notfalls ...

Nach den langen Zeiten des Friedens ist diese Vorstellung für den General neu. Bisher war Moral für ihn ein theoretischer Begriff außerhalb des strategischen Kalküls. Jetzt ist sie da, schleicht sich ein wie ein Dämon mit der Angst im Schlepptau! Es ist nicht die Angst vor dem Feind. Der Tod hat jetzt ein Gesicht und einen Namen: Krieg.
Er stellt ihm die Frage, ob er bereit ist, dafür die Verantwortung zu übernehmen. Je länger er nachdenkt, umso deutlicher erscheint die Antwort, und dieses NEIN wird auch am nachtschwarzen Himmel stehen bleiben, wenn der rote Feuerball längst untergegangen sein wird.

»Es gibt immer ein Zurück!«,
sagt er zu seinem unsichtbaren Berater und greift zum Telefon.

■

Edgar Helmut Neumann

Rentner, Autor

Plötzlich haben wir Krieg in Europa, womit ich selbst nie gerechnet hätte. Ich bin als Nachkriegskind Frieden gewohnt. Kriegsangst habe ich dennoch kennengelernt. Aber auf einem anderen Kontinent. Da war ich schon Familienvater.

Wir waren eine Gruppe kirchlich engagierter Helfer und wollten in einer buchstäblich verdurstenden Gegend Windräder aufbauen, damit Brunnenwasser gefördert werden konnte.
Als wir in der Hauptstadt eines westafrikanischen Landes aus dem Flugzeug stiegen, sahen wir uns von mehreren Dutzend Soldaten umzingelt, die Maschinengewehre auf uns richteten. Dort war kurz zuvor geputscht worden. Die Angst, die uns unerwartet verstummen ließ, war später zuhause nicht mehr zu beschreiben. Sowohl das Regime, das durch den Putsch vertrieben worden war, als auch die Putschisten selbst waren für uns unbedarfte Europäer damals Nebenfiguren in einem Alltag, in dem Frauen und Kinder an den Rand gedrängt waren. Ähnliches zeigen uns derzeit alle Fernsehbilder auch.

Nach einigen Wochen Arbeitseinsatz flogen wir seinerzeit wieder »unbehelligt« nach Hause. Wo uns ein halbes Jahr später aber eine schreckliche Nachricht ereilte. Der Schwager eines befreundeten Kirchenmannes, ein Arzt, der sich am Bett einer jungen Mutter um ihr neugeborenes Kind kümmerte, wurde von eindringenden Juntasoldaten samt Mutter und Kind erschossen. Ich kannte den Arzt. Hatte auch mal die Mutter vor der Geburt des Kindes getroffen. Derweil ich bislang fernab von aller willkürlichen Staatsgewalt lebte, kann ich heute umso mehr nachempfinden, wie es Müttern mit Kindern auf der Flucht ergeht, die ihre Männer zurücklassen, weil diese ihr Land gegen Aggression und Gewalt verteidigen.

■

Thea Buch

Autorin

Putin und die Psychologie des Bösen

Es ist schwierig Gedanken zu Papier zu bringen, da sie den Adressaten Putin, den Psychopathen, Kriegstreiber und Brudermörder leider nie erreichen werden. Sicher sind sie auch einfach unnütz verschwendet. Trotzdem ist es mir ein Bedürfnis, mein Entsetzen kundzutun.
Die Bilder in den Medien von diesem abscheulichen Krieg in der Ukraine machen nicht nur mich und meine Familie zutiefst traurig, wütend und hilflos.
Ich frage mich, was den Menschen Putin zu diesem herz- und gefühllosen Monster werden ließ?

Wurde er bereits böse geboren, oder drängt ihn sein offensichtlicher Machtwahn dazu, Menschen des eigenen Volkes und die der Ukraine in einen sinnlosen Krieg zu hetzen, bei dem es nur Verlierer gibt?
Wie muss man sich fühlen, wenn die ganze Welt gegen einen ist? So wie ich das sehe, und da stehe ich nicht allein, trifft dieser Krieg auch nicht minder seine Leute. Wie lange kann er im eigenen Land sein Lügenkonstrukt noch aufrechterhalten? Irgendwann werden auch die russischen Normalbürger merken, dass sie vom Teufel regiert werden. Wie er jetzt agiert, ist von langer Hand geplant. Den Staatsmännern , die ihn um eine friedliche Lösung baten, zeigte er sein spöttisch kaltes Lächeln. Wie muss er sich an seiner langen Tafel ins Fäustchen gelacht haben, als die Fürsprecher des Friedens mit Sorgenfalten wieder abzogen.

Ein Einlenken war in Putins Plan nie vorgesehen, aber was er mit seiner teuflischen Aktion erreicht hat, kann ihm nicht gefallen. Die Menschen in der Ukraine sind mutiger als er dachte. Sie verdienen in diesem Krieg, wo David gegen Goliath kämpft, unsere Hochachtung, unser Mitgefühl, unsere Loyalität und Hilfe. Dieser Psychopath wird von der ganzen Welt geächtet. Ich glaube, ihn kann nur sein eigenes Volk stoppen.

Beten wir, dass dieses Blutvergießen aufhört. ■

Adam Jan Malcher

Messtechniker

Die Gewinner

Andreij erlebte in nur einer Woche ein Wechselbad der Gefühle. Vor einigen Tagen hielt er noch seinen neugeborenen Sohn im Arm und war der glücklichste Mann der Welt. Wenige Tage später trug er die Kleider eines Soldaten und zog in einen Krieg, den er nie gewollt hatte.
Er betrat eine Kirche, in der eine Messe gehalten wurde. Die Kirche war im Inneren betongrau, nur der Altar war in Gold gehalten. Schwaches Licht schien durch die Bleiverglasung auf die Soldaten, die sie gerade besuchten und um Frieden und ihr Überleben beteten.
Unter dem Marien-Bild, das sich an der linken Seite befand, brannten zahlreiche Kerzen. Zeichnungen, Bilder, die in erster Linie von Kindern gemalt wurden, hingen oder lagen darunter. Darauf standen kurze Texte und Gebete, wie: »Lieber Gott, ich bete für Mia, hilf ihr, bitte.« Eine Sechsjährige hatte dies geschrieben und ein Bild von sich gemalt, mit langen blonden Haaren und ihrer großen Schwester, die nur einen runden Kopf mit Gesicht hatte. Kahl. Eine ganze Klasse betete für Ihre Mitschülerin, eine Freundin, die nach einem Verkehrsunfall um ihr Leben kämpfte. »Wir lieben dich«, »Vermissen dich«, »Werde schnell wieder gesund« »Warum?« Klasse 6b. Neben den zahlreichen Bildern lagen auch Plüschtiere und Blumen. Auch eine Zeichnung von einem Koala und einem Känguru, die umarmt auf einem Felsen saßen und auf Flammen starrten, auf dem stand: »Lieber Gott, lass es in Australien regnen«. All das geschah noch vor dem Krieg. Und dann

war da noch ein Familienbild aufgemalt. Papa, Mama, Kind vor brennenden Häusern. »Lieber Gott, pass auf meinen Papa auf.« Dieses bezog sich auf den Krieg.
Andreij war nicht gläubig. Er blieb in dem hinteren Bereich der Kirche stehen und nahm auf der linken Seite in der vorletzten Bank Platz. Er kniete nieder, faltete seine Hände und betete still.
Wie gerne würde er seinen Sohn aufwachsen sehen. Seine Geburtstagspartys planen. Ihm das Fahrradfahren beibringen und bei den Hausaufgaben helfen. Er würde ihm ins Gewissen reden, dass er die Schule für sich und nicht für ihn besucht; dass er für seine Zukunft lernt. Er würde gerne mit ihm angeln gehen. Er träumte davon, mit seinem Sohn irgendwann einmal ein, zwei Flaschen Bier zu leeren. Ihn anzuschreien, wenn er das erste Mal Drogen probierte, falls er es jemals tun würde. Ihm das Autofahren beibringen. Und eine emotionale Rede an seiner Hochzeit halten.
Andreij trocknete sich seine Augen mit seinem Handrücken ab. Bevor er die Kirche verließ, zündete er noch eine Kerze unter dem Marien-Bild an und betrachtete die Bilder der Kinder.
Wenige Tage später geschah das, wovor er am meisten Angst hatte. Ein feindlicher Soldat stand vor ihm. Andreij zog seine Waffe und richtete diese auf den Feind. Aber der Feind war schneller, er hatte seine Waffe auf Andreij gerichtet, noch bevor er ihn sah, und doch schoss er nicht. Waren es die Gebete? Wurde er erhört? Andreij zitterte und bebte am ganzen Körper, nicht nur aufgrund der niedrigen Temperaturen, sondern aus Angst. Aber warum schoss der Soldat nicht? Andreij senkte seine Waffe, der Soldat tat es ihm gleich. Den Knall hörten die jungen Männer nicht mehr. Die Bombe schlug in ihrer unmittelbareren Nähe ein und riss beide in den Tod.
Sie waren die Verlierer des Krieges, die für eine Sache kämpfen mussten, die sie nicht wollten. Doch sie waren auch Gewinner, denn sie starben als Männer, nicht als Mörder.

■

Vera M. Waschbüsch

Römisch-katholische Theologin,
Anglistin, Romanistin, Sprech- und
Kulturwissenschaftlerin

Was kommt ...

Friede
Unbedingt würde ich mich als friedfertig bezeichnen.
Ich möchte niemandem etwas Böses tun.
Ich möchte in Ruhe und Frieden mein Leben leben.
Doch was ist mein Leben?
Es gibt nicht Mein Leben.
Wir alle sind Teil eines Ganzen, sind eingebettet in das Leben vieler.
Friede gibt es dort, wo wir frei sein können, wo Freiheit herrscht.

Krieg
Ich lausche dem Dröhnen, höre den Einschlag der Kanonen.
Wo bist Du, Gewissen?
Wo bleibst Du, Hoffnung, wo Du nötig bist?
Wo darf ich Dich suchen, Chance auf ein gutes Leben?
Wo kann ich Dich finden, Hilfe für mich und für Euch?
Wo bist Du, Kirche, wenn man Dich braucht?
Wo bleibst Du, Gott? Ich warte...

Freiheit
Friede kann es nur geben, wo Freiheit herrscht.
Die Freiheit beschränken meint töten:
die Hoffnung, die Liebe, das Glück.
Im Töten des andern töten wir den Glauben,
den Glauben, der uns befreit, der uns lehrt, zu hoffen und zu lieben.
Homo Homini Lupus – doch Wölfe sind gesellig, leben im Rudel, achten den andern.
Wie heißt es doch? Meine Freiheit endet dort, wo die Freiheit der Anderen beginnt.

■

Reinhold Jost

Politiker, Minister

Im Krieg ist bis heute noch kein Soldat für ein höheres Ziel gefallen. Weder hatte wahlweise Gott, das Vaterland oder der jeweilige Papst, Kaiser, Führer oder neuerdings Autokrat etwas davon. Jeder stirbt für sich allein und hinterlässt bei seinen Angehörigen und Freunden nichts als Trauer und Leid. Anders als es die Propaganda-Abteilungen der Kriegstreiber glauben machen wollen, ist der Tod der Gefallenen zu keinem Zeitpunkt heldenhaft, sondern ohne Ausnahme einsam, qualvoll und vor allem sinnlos.
Immer und überall.

Während zahllose junge Männer als Kanonenfutter enden, entfesselt der Krieg in ihren Herkunftsländern Völkerhass, Rassismus oder auch Antisemitismus. Aus politischem Kalkül heraus wird von den eigenen Versäumnissen abgelenkt und die Schuld für Tod und Elend bei anderen gesucht.

Ich bin unendlich dankbar dafür, dass mein Großvater beide Weltkriege überlebt hat. 1902 geboren hat er in seinem 91-jährigen Leben fünf Mal die Nationalität gewechselt, ohne aus unserer Gemeinde wegzuziehen. Sein größter Wunsch für mich war: »Bub, ich wünsche dir zwei Dinge im Leben – nie mehr Krieg und nie Hunger.«

2022 wird in Europa wieder Krieg geführt.
Das ist unerträglich

■

Tobias Hans

Politiker, Ministerpräsident
des Saarlandes 2018–2022

John Lennon hat es
treffend formuliert:

»Frieden ist nichts,

was du dir wünschst;

es ist etwas, das du machst,

etwas, das du tust,

etwas, das du bist und

etwas, das du verschenkst.«

Alfons Klein

Germanist, Altphilologe
Oberstudienrat i. R.

Gewaltfreie Verse

Jeder Mensch hat das Bemühn,
der Gewalt sich zu entziehn.
Gut ist's, wenn man vor ihr flieht,
doch egal, Gewalt geschieht.

Wie verhält man sich alsbald
vor dem Täter von Gewalt?
Haut dir jemand auf die Jacke,
halte hin ihm auch die Backe!
Das ist zwar nicht grade üblich,
aber insgesamt sehr biblisch.
Aug' um Auge, Zahn um Zahn,
hieß es früher – welch ein Wahn!
Heute jedoch pflegt man die Kenntnis,
dass Gewalt man mit Verständnis
eher begegne als mit Strenge,
weil im andern Fall die Menge
der Gewalt sich nur vermehrt
und die Welt noch mehr beschwert.

Ach, was winkt ein schöner Lohn
doch der Deeskalation!
Reizte man nicht mehr die Bösen,
könnt' man sie davon erlösen,
dass sie alles kurz und klein
schlagen und noch dazu schrein!
Besser wär's, wenn die Verhauten
sich nicht auch dasselbe trauten,
wer zurückhaut, fördert halt
die Spirale der Gewalt.
Der Geschlagene, der nicht tobt,
der wird allgemein gelobt.

Besser ist es zu verzeihn
und der Rechtsstaat schreitet ein.
Tut er's nicht, weil er nicht kann
und der Täter ihm entrann,
traut der Mensch den Rechtsgefühlen,
denn er weiß, dass Gottes Mühlen
langsam mahlen, aber fein,
und so stellt das Recht sich ein.

Darauf baut ein jeder Knecht:
Die Gewalt wird einst gerächt.
Aber das früg' man sich gern:
Glauben dieses auch die Herrn?
Wie auch immer, es wär' schlecht,
würd' einst die Gewalt gerecht.
Unser Herz sagt uns: Oh nein!
So schlecht kann die Welt nicht sein!

Leider kommt es oft so weit,
dass nach Ablauf einer Zeit
das, was die Gewalt gebiert,
man letztendlich akzeptiert,
ursprünglich hielt man's für schlecht
und dann ist es geltend Recht.

Weiter ruhen die Geschäfte
in der Hand der Ordnungskräfte,
man vertraut, dass sie das Schlechte
überlieferen dem Rechte
Wie das Schiff zum sichern Hafen
führt die Schlechtigkeit zu Strafen,
auf der Strafe strengen Routen
wandelt dann der Mensch zum Guten.

Hör, wie's aus den Wäldern schallt:
Keine Lösung ist Gewalt!

Höre auch den Ruf der Berge:
Geh nicht mit Gewalt zu Werke!
Man ersetz' sie durch Geschick
in Verkehr und Politik!
Doch es ist das alte Lied
und Gewalt geschieht, geschieht.
Kann man durch diverse Güten
die Gewalt wirklich verhüten
oder sie zur Güte wandeln
durch taktierendes Verhandeln?
Ist vielleicht Gewalt doch nur
die Verirrung der Natur?
Oder, wenn's auch übel klingt:
Ist sie gar naturbedingt?

Vieles kann man drüber lesen
über der Gewalt ihr Wesen,
seien wir nur ganz bescheiden,
suchen wir sie zu vermeiden,
irgendwann mal hoffen wir
auszukommen ohne ihr. ■

Christa Klein

Hausfrau

Christa Klein lebte als Kind während des Zweiten Weltkriegs in Dresden. Sie hat den verheerenden Bombenangriff auf die Stadt im Februar 1945 überlebt, kann dieses Ereignis jedoch zeitlebens nicht vergessen. In ihrem Text erinnert sie daran.

Der Angriff auf Dresden am 13. Februar 1945

Es wurde Februar und dann in einer Nacht heulten die Sirenen, immer wieder und eindringlich. Wir flüchteten in den Keller. Es war ein großes Haus und außer uns saßen mehrere alte Leute dort, alle voller Angst. Edda und ich waren die einzigen Kinder. Es gab wohl einen Blockwart und der beorderte meine Mutter und Tante Ada raus aus dem Schutzraum auf den Speicher des Hauses, um dort Sandsäcke zu verteilen zum Schutz gegen Funkenflug, denn bald brannte es in der Stadt überall. Mutti nahm mich mit rauf, um es mir zu zeigen, denn ich litt sehr darunter, dass wir im Keller alleine unter den fremden Menschen saßen. Das Feuer erfasste auch unser Haus. In einem Nebenraum des Kellers war der Hund, dort war schon Feuer, er schrie und heulte laut und dann plötzlich war er still. Die Kellerwand wurde vom Luftdruck fortgerissen und wir mussten raus. Das Treppenhaus brannte lichterloh und auch der Vorgarten. Also konnten wir nicht durch die vordere Haustür ins Freie, sondern mussten nach hinten raus. Das Nebenhaus war durch eine Mauer von unserem abgetrennt, dort standen Mülleimer, auf die wir kletterten, um über die Mauer durch den Vorgarten des Nebenhauses auf die Straße zu gelangen. Meine Mutter hatte in Wasser getränkte Decken um uns gehängt und wir liefen zwischen brennenden Häusern und Bäumen zum »Großen Garten«, der am Ende der Straße lag. Es war ein botanischer Garten und am Rand fanden wir einen Graben, in den wir uns flüchteten. Die Frauen hatten ein großes Blech gefunden und über den Graben gelegt, damit uns herumfliegende, brennende Teile nicht treffen konnten. Auf der Straße vor dem Graben liefen viele schutzsuchende Menschen hin und her. Es war laut vom Krachen und Bersten, von menschlichen Stimmen, Schreien und Rufen, es roch nach Phosphor und Feuer.

Irgendwann gab es ein Stückchen Knäckebrot, wahrscheinlich aus einer mitgebrachten Notration. Und irgendwann fanden Mutti oder Tante Ada einen halbwegs brauchbaren Kinderwagen, in den sie Edda packten, und dann gingen wir und viele andere Menschen aus der glimmenden und brennenden Stadt immer weiter raus, gegen Osten. Der Himmel war ganz verdunkelt vom Rauch, man konnte eine Scheibe durch den Rauch hindurch sehen, aber ich wusste nicht, war es die Sonne oder der Mond. Ich hielt mich mit einer Hand am Kinderwagen fest und ging und ging, fast schlafend.

■

A. J. Ventus

Autorin

Wut und Privileg

Krieg. Schon wieder.
Der Grund ist egal. Ob es jetzt an toxischer Männlichkeit, Größenwahn oder einfacher Gier liegt: Einen Unterschied macht es nicht. Die Toten sind nicht verschieden tot. Das Leid ist immer gleich. Die Flüchtenden haben immer gleich viel Angst. In meiner Kindernotaufnahme sehe ich viel. Jetzt, da bei uns noch Frieden herrscht, bekomme ich vieles nur am Rande mit. Ich höre der syrischen Mutter zu, die erzählt, wie sie als Pflegekraft in Syrien im Lazarett gearbeitet hat, und dass sie und ihr Mann geflohen sind, als sie schwanger war. Sie denkt, sie spreche nicht gut genug Deutsch und habe auch allgemein nicht die Fähigkeiten, ihren Traum zu erfüllen. Sie möchte ihre Ausbildung hier anerkennen lassen und in der Unfallchirurgie arbeiten. Unfallchirurgie ist ihr liebstes Gebiet, erzählt sie. Ihre Faszination dafür ist nicht zu übersehen. Mit leuchtenden Augen spricht sie von ihrer Freundin, die auf dieser Station arbeitet und dafür sorgen möchte, dass sie dort unterkommt. Ich bestärke sie darin, dass sie alles tun kann, was sie möchte. Wenn sie die Arbeit im Lazarett geschafft hat, wird die Unfallchirurgie kein Problem sein. Und die Sprache? Lernt sie auch schnell. Sie ist doch intelligent und bekommt von Kolleg*innen alle Hilfe, die sie braucht. Die Mutter ist den Tränen nah und bedankt sich für den Zuspruch. Sie habe sich noch nie getraut, mit jemand anderem als ihrem Mann und ihrer Freundin darüber zu reden.
Währenddessen versorge ich ihr Kind. Ihr Kind, dessen einziges Problem bis vor ein paar Minuten sein Pseudokrupp-Anfall war. Sie gibt zu, dass es für sie immer noch so unwirklich ist, wegen einem einfachen Pseudokrupp in die Notaufnahme zu fahren. Dass ihr Kind, das in Deutschland

geboren wurde, ohne Kriegstrauma und ohne ständige Todesangst aufwachsen kann.
Ich habe schon verwundete Kinder versorgt, die aus Afghanistan eingeflogen worden waren. Und jetzt machen wir auch Erstversorgungen für Kinder aus der Ukraine. Leid und Angst sind immer gleich. Die Mächtigen, denen Menschenleben egal sind, sind immer gleich.
Dabei könnte alles so einfach sein.
Aber ist es wirklich so einfach? Einfach nicht angreifen? Einfach kein Arschloch sein? Einfach niemanden unterdrücken? Ich versuche nicht mehr, mich in die Köpfe der Kriegstreiber hinein zu versetzen, denn dabei wird mir übel.
Wenn ich an all die egozentrischen Hodenkobolde denke, die Geflüchtete nicht ins Land lassen wollen, weil sie Angst haben, teilen zu müssen, wird mir verdammt nochmal übel. Der Egoismus unserer privilegierten Gesellschaft hat mittlerweile ein Ausmaß angenommen, in dem er seine ekelhafte Fratze nicht mehr verstecken kann. Leute wagen es, von Zensur und Meinungsdiktatur zu schwadronieren, sobald ihnen jemand widerspricht. Menschen wachsen hier so verwöhnt auf, dass sie Diskriminierungen egal welcher Art für eine legitime Meinung halten und bei Widerrede sofort brüllen, man schränke ihre Meinungsfreiheit ein und wolle ihnen die eigene Meinung aufzwingen, wenn man ihnen ihre Egozentrik vor Augen führt. Erwachsene Menschen, die denken, ihre Grundrechte würden verletzt, wenn sie dazu aufgefordert werden, andere zu schützen.
Ja, damit spiele ich auch auf Masken und Impfungen an, aber das ist ein anderes Thema und soll ein andermal behandelt werden. Beim Gedanken an Leute, die ihre Urlaubsreisen, Party und Fußball über das Leben anderer Leute stellen, brodelt eine Stinkwut in mir. Es ist so absurd! Erwachsene Menschen verhalten sich wie Kleinkinder in der Trotzphase, schmeißen sich auf den Boden, schreien und schlagen um sich, nur weil sie den verdammten Wohlstand, den man ihnen von klein auf in den Arsch geblasen hat, auch anderen ermöglichen sollen, die gerade in Todesangst Schutz bei uns suchen. Die einfach Sicherheit, ein Leben und eine gute Therapie brauchen. Egal ob sie

►

aus Syrien, Afghanistan, Eritrea, dem Irak, der Ukraine oder sonst wo herkommen. Egal, wie die Person aussieht, welche Sprache sie spricht oder welche verdammte Schuhgröße sie hat: Jeder Mensch hat ein Leben in Sicherheit verdient. Das nicht gewähren zu wollen, weil das erfordert, kein Arschloch zu sein ist ein Armutszeugnis für diese Gesellschaft und ein Schlag ins Gesicht derer, die einfach nur lebend aus dem rauskommen wollen, was ein paar Mächtige verbockt haben. Und wer dabei einfach wegschaut ist genauso schlimm.

Leid ignorieren zu können ist ein Privileg, das viele nutzen, sich aber dessen nicht bewusst sind. Die Arbeit den Anderen überlassen zu können ist ein Privileg. Mitleid heucheln und sich dabei in

der eigenen Ignoranz zu suhlen ist ein verdammtes, beschissenes Privileg. Sich für den Frieden einsetzen zu können, ohne Angst vor den Konsequenzen haben zu müssen, ist aber auch ein Privileg. Eines, das viel mehr Menschen nutzen sollten, und dessen sich auch viel zu viele nicht bewusst sind, weil sie sich viel zu sehr damit beschäftigen, sich über alles und jede*n zu empören, ohne dafür Konsequenzen fürchten zu müssen.

Die Vorstellung, dass wir alle zusammenhalten ist schön. Dass wir alle gemeinsam leben und in eine Welt voller Frieden aufbauen. So schön. So schön und so unrealistisch. Deshalb müssen wir weiter diskutieren, weiter unser Hab und Gut und unsere Hoffnung mit denen teilen, die es gerade brauchen. Weiter klare Kante zeigen. Wir müssen laut sein. Wir müssen sichtbar sein. Wir müssen unbequem sein.

Natürlich wird die Utopie eines weltweiten, dauerhaften Friedens niemals Wirklichkeit werden. Wir können aber versuchen, so nah wie möglich an diesen Zustand heranzukommen. Frieden auf die rasierte Seite meines Schädels geschrieben. Stand with Ukraine steht auf meiner Maske. Nur so gehe ich noch vor die Tür. Und manchmal bin ich nur noch müde. Ich möchte schlafen und davon träumen, dass alles gut wird.

■

Michael Engel

Redakteur, Musiker, Autor

Wozu sind Kriege da?

Und das Leben all der ander'n sag mir mal warum

Die laden die Gewehre und bring'n sich gegenseitig um

Sie steh'n sich gegenüber und könnten Freunde sein

Doch bevor sie sich kennenlernen, schießen sie sich tot

Ich find‹ das so bekloppt. Warum muss das so sein?

Wozu sind Kriege da?

Udo Lindenberg. Text und Musik: Udo Lindenberg

►

Ich hab den Frieden gespürt.

Es ist noch gar nicht so lange her. 7. Oktober 2019. Früh am Morgen, in Santiago de Compostela. Dabei habe ich ihn gar nicht gesucht. Aber er hat mich gefunden, der verlorene Glauben an die Menschheit ist auf einmal wieder da.

Wir sind zu dritt an diesem herrlich warmen Spätsommermorgen. Zwei Jungs, eine Frau. Wir genießen die ersten Sonnenstrahlen des neuen Tages. Unsere Augen sind noch ganz klein. Es war für uns eine sehr kurze Nacht.
Wir haben gemeinsam gekocht, gesungen, getanzt. Die Ankunft am Ziel unserer Pilgerträume ausgiebig gefeiert. Ein Rausch, ein Feuerwerk der Glückseligkeit. Es hat sich so gut angefühlt, mein Herz zum Beben gebracht. Dabei kennen wir drei uns gar nicht mal so lange, vielleicht drei, vier Wochen. Es spielt keine Rolle. Der Camino hat uns irgendwo auf dem langen Fußweg zu unserem gemeinsamen Ziel zu Freunden gemacht. Sogar ein bisschen mehr als das, und es fühlt sich so unglaublich gut an. Gedankenverloren sitzen wir auf drei weißen Plastikstühlen vor der öffentlichen Herberge Seminario Menor. Mein koreanischer Pilgerbruder Eugen und meine ukrainische Pilgerschwester Natalia. Wir verstehen uns, auch wenn wir nichts sagen und schweigend die große Freude, die in jeder Gasse der Altstadt zu spüren ist, einfach nur genießen.
Was hatten wir für eine glückliche, friedvolle Zeit.
Während die Sonne langsam über der Silhouette der Kathedrale aufgeht, warten wir voller Freude auf unsere französischen Pilgerbrüder Pierre-Luc, Valentine und Mathieu, die auch jeden Moment ankommen müssten. Das Leben in Santiago ist ein ständiges Kommen und Gehen. Tränen der Freude und Tränen des Abschieds liegen so dicht beieinander, wechseln sich ab. Der Übergang ist im wahrsten Sinne des Wortes fließend. Und es gibt immer wieder magische Momente, die mich tief in der Seele berühren. Auch an diesem Morgen.

Eine ältere Pilgerin kommt auf den Vorplatz. Sie sieht Natalia und fängt sofort an, aufgeregt zu winken und zu rufen. Ich glaube, es war Englisch. Ich bin mir aber nicht mehr sicher.
Hallo Natalia, schön dich zu sehen. Buen Camino! Bist du auch in der Herberge? Wir sind gerade erst angekommen. Ist es nicht wunderschön hier?
Natalias Pilgerschwester hat zwei schwerbepackte Frauen im Schlepptau. Das ist übrigens Natalia aus der Ukraine, von der ich euch erzählt habe. Und die beiden hier, die kommen aus Russland.
Natalia hält nichts mehr auf dem Stuhl. Sie springt auf, läuft fröhlich tanzend und laut rufend auf die beiden Frauen zu. ... Russkiy, russkiy ... Mehr verstehe ich leider nicht, aber ich bekomme immer noch Gänsehaut, wenn ich daran zurückdenke. Die drei fallen sich in die Arme. Weinen, lachen. Können sich kaum voneinander trennen. Ganz aufgelöst, mit hochrotem Kopf und Tränen auf den Wangen kommt Natalia irgendwann wieder zu uns zurück.

»Du hast mich gerade sehr glücklich gemacht!«, sage ich zu ihr und wische mir dabei auch meine Freudentränen aus den Augen. Sie nimmt mich in den Arm, drückt mich. Weißt du Michael, wir sind doch alle Brüder und Schwestern. Alles andere ist Politik. Irgendwelche Leute da oben. Wir wollen doch alle nur dasselbe. Wir wollen doch einfach alle nur Frieden! Das ist es doch, was zählt! Wir sind doch alle gleich.
Natalia hat ja so recht. Auf meiner Pilgerreise nach Santiago de Compostela bin ich mit Juden, Muslimen, Buddhisten, Hindus, Christen und Atheisten unterwegs, mit jungen, alten, mit sehr armen und wahrscheinlich auch sehr reichen Menschen und es spielt keine Rolle. Es ist eine Selbstverständlichkeit sich gegenseitig zu helfen, niemand hat Angst davor am Ende des Tages zu wenig für sich zu haben. Teilen ohne Bedingungen. Helfen ohne Forderung. Der Camino heißt nicht umsonst Friedensweg. Ich darf Zeuge sein, wie Juden und Muslime miteinander feiern, sich Menschen aus Russland und der Ukraine mit Freudentränen in den Augen in die Arme fallen und sich für das entschuldigen, was in ihrer Heimat passiert. Es sind 900 Kilometer ohne Hass, ohne Häme. In einer Zeit, in der das Wort Gutmensch zu einem Schimpfwort geworden ist, bin ich froh, soviel gute Menschen aus der ganzen Welt begegnen zu dürfen. Uns alle verbindet eins: Der Wunsch nach Frieden.
Und wir haben diesen Frieden, dieses Geschenk täglich gespürt, sind noch heute miteinander tief im Herzen verbunden. Im Herz und in der Seele vereint. Zusammen gelacht, zusammen geweint. Und auch jetzt: Zusammenhalten. Wir dürfen nicht schweigen. Wir sind viele. Wir sind mehr. Und wir wollen alle Frieden.

■

Andrea Recktenwald-Scherer

Floristin

Angst ...

Trauer, Wut, Entsetzen, Fassungslosigkeit ...

Worte, Emotionen, die uns Menschen seit wenigen Tagen begleiten.

Entsetzliches ist passiert.

Das Ausmaß der Geschehnisse ist nicht mal im Ansatz zum Bewusstsein gelangt.

Ein Entwicklungsprozess des Schreckens wird uns ereilen, der uns erkennen lässt, welche Perversion im Habitus vieler Kreaturen dieser Erde erwächst ...

Politiker mit falschem Patriotismus und unter erdrückendem Zugzwang drohen Fehler zu machen ...
... Fehler, die zu einem Inferno führen könnten ...

Krieg, das Wort, welches niemand hören möchte ...
Es kreist jedoch wie ein Geier über unseren Gedanken.
Niemand spricht es aus, aber die Vorbereitungen lassen keinen Zweifel an der Realität ... das macht **Angst** ...

Ich hoffe auf Vernunft, Menschlichkeit und nicht zuletzt die **Liebe** ...
... sie wird den letztendlichen Kampf gewinnen.

»Mensch, werde wesentlich.«

■

Andreas Hufschmidt

Neurologe i. R.

Als der Krieg vorüber war

Als der Krieg vorüber war,
den wir gewonnen hatten,
krochen wir aus unserem Bunker hervor
und zeigten unseren Kindern
die Ruine, die mal unser Haus gewesen war,
und die Ödnis,
die mal Park gewesen war,
und den Schutthaufen,
der mal Kirche gewesen war.

Das alles,
so sagten wir unseren Kindern,
müssen sie jetzt wieder aufbauen,
nach und nach.

Was für eine Aufgabe!

Nur die Toten
können sie natürlich nicht wieder lebendig machen.
Die sollen sie anständig begraben,
falls sie welche finden.

Immer nach vorne schauen,
sagten wir.

Als der Krieg vorüber war,
den wir gewonnen hatten,
gab es viel zu tun
für unsere Kinder.

■

Andreas Vogel

Komponist, Texter
Kinder- und Jugendpsychiater

Ganz gleich ...

Ganz gleich welch Uniform du trägst,
für wen du deine Klinge schlägst,
und Heil und Rettung prophezeist,
und nieder mit den Feinden schreist.
Ganz gleich für welchen der Propheten,
du winselnd betteln musst und beten,
damit er gnädig wie er ist,
dich eines Tages nicht vergisst.
Ganz gleich welch Ideologie,
für Recht und Freiheit Garantie
verspricht und dennoch unterdrückt,
und sich mit Friedenspalmen schmückt.
Und von mir Selbstkritik verlangt,
vor jeder freien Meinung bangt,
auf Scheiterhaufen sie verbrennt,
oder sie einfach Sünde nennt.
Ganz gleich welch Uniform du trägst,
mit welchen Dogmen du mich schlägst,
und hoffst, dass ich dir blind vertrau,
und deine Spiele nicht durchschau.
Für welche Farbe du auch wirbst,
und schwörst, dass du auch dafür stirbst,
und forderst dies auch von mir ein –
dir sag ich nein.

■

Angelika Lauriel

Autorin, Übersetzerin, Lektorin

Die Sonne und das Brummen beim Kaffee

Beim Samstagnachmittagskaffee sitzen wir zusammen und vermeiden, über den Elefanten im Raum zu sprechen. Aber im Nebenzimmer läuft ein Radio, und mitten in das Kuchenrezept und in das Olivenöl hinein fällt plötzlich Wodka. Der Wodka, den man bald nicht mehr wird kaufen können. Vom Wodka gehen wir zu Modegeschäften über, die in Russland geschlossen werden. Wir sprechen darüber, wie das alles für das russische Volk sein wird, wie es für uns sein wird. Und wie ist es erst für die Ukrainer?
Können wir der Ukraine helfen? Sollten wir den Luftraum über der Ukraine sperren? Können die russischen Konvois aufgehalten werden? Warum verkündet man eine Waffen-

ruhe und hält sich nicht daran? Wie groß ist die Gefahr eines Dritten Weltkriegs?
Schwima, die im Zweiten Weltkrieg ein Kind war, und die den Kuchen gebacken hat und mit uns über unser italienisches Olivenöl gesprochen hat, wird stiller. Dann fängt sie an zu sprechen: »Ich erinnere mich noch genau an dieses Geräusch. Das habe ich jetzt wieder im Ohr. An Tagen wie heute, wenn der Himmel blau war und die Sonne hell, sind die Flieger gekommen. Wir wussten immer, ob sie die schweren Bomben noch mit sich trugen, denn das war so ein tiefes Brummen. Und es war ganz dicht, weil sie in einem Geschwader geflogen sind.
Ich erinnere mich so gut daran, weil ich Angst um meinen Vater hatte. Als Eisenbahner musste er ja zum Bahnhof. Und dann kam der zweite Fliegerangriff, und wir sind nicht getroffen worden, weil sie ja nach Saarbrücken weiter geflogen sind. Aber ich hatte Angst um meinen Vater, weil ich nicht wusste, ob er sich verstecken konnte.
Und wenn die Flieger zurückgeflogen sind, leer, war es ein ganz anderes Geräusch, es war so ein Sirren, ein Singen.«
Und ich denke: ein Triumphgesang.
»Und jetzt sind diese Menschen in der Ukraine so mutig und stellen sich den Panzern entgegen. Ich verstehe nicht, wieso sie so entschlossen sind.«
Ihr Sohn sagt: »Es ist der Mut der Verzweiflung.«
Mir fällt ein, was ich am Anfang des Konflikts in einer Nachrichtensendung gesehen habe. Ich sage: »Ich habe neulich einen Auslandsjournalisten berichten hören, dass ihm aufgefallen ist, wie schnell die Menschen sich daran gewöhnen, an die Angst. Es ist ein Schutzmechanismus der Psyche. Sie gehen mit der Angst schlafen und sie wachen mit der Angst auf.«
Sie nickt. »Und wenn die Sirenen nachts angingen, dann standen wir da, aus dem Schlaf gerissen, am ganzen Körper zitternd, es war kalt. Wir gingen in den Keller hinunter, und dort war es ja auch kalt.«
Etwas später sagt sie gedankenverloren: »Das Brummen der Bomber und dann das Singen, das höre ich jetzt wieder. Wir hatten an den klaren, sonnigen Tagen immer Angst, denn dann sind sie geflogen.«

■

Anna Osowski

Grafikdesignerin, Texterin,
Journalistin

Gestern auf dem Spielplatz, oder: Wie ein Krieg entsteht

Torben war schlecht drauf. Wer weiß, vielleicht lagen ihm seine Gummibärchen schwer im Magen. Vielleicht war es, weil Susanne jetzt lieber mit Rainer spielte. Jedenfalls war Torben sichtbar schlecht drauf.
Ansonsten ein aufgewecktes und munteres Kerlchen, saß er gestern mürrisch auf der Bank und schaute böse zur Riesenrutsche hinüber. Wo sich Kalle, Sofie, Hannes, Miriam, Susanne und Rainer gerade um einen Plastikbagger balgten. Torben war schlecht drauf.
Er ist einer, der sich immer durchsetzen kann. Der sogar die Heulsuse Antje zum Verstummen bringt. Er ist einer, der die Bande oftmals anführt. Aber gestern war er schlecht drauf und saß abseits. Und irgendwie sah es aus, als wenn er schmollte.

Schließlich stand er auf und trollte sich zu den anderen. Seine schlechte Laune war nicht zu übersehen, so dass er nicht wie sonst stürmisch begrüßt wurde, sondern die Kinder sich ihm nur zurückhaltend zuwandten. Was seine Laune sichtlich noch mehr verfinsterte.
Torben war richtig schlecht drauf.
Und weil er das irgendwie mitteilen wollte, zerrte er einfach mal an Kalles Kapuze. Was wiederum Kalle zu einer abwehrenden Geste veranlasste. Er schubste, heyyy, den Torben weg. Miriam, die kleine Schüchterne, sagte ganz ulkig: »Menno!« Was Sofie zum Schmunzeln brachte. Aber Torben brachte das nicht zum Schmunzeln. Denn er war schlecht drauf.
Nun zog er zögerlich ein Kartenspiel aus der Tasche und fragte Hannes, ob er Lust auf Quartett hätte. Hannes wollte aber lieber zum Klettergerüst. Nun wurde Torben richtig sauer. Er stapfte in die Sandkiste, wo die Kleineren an einer Sandburg bauten. Rums, war die mühsam erschuftete Konstruktion mit zwei, drei gezielten Fußtritten nur noch ein wüster Haufen. Julia plärrte daraufhin eindringlich. Nun war auch Julia schlecht drauf. Rainer und Susanne wurden aufmerksam und rannten zur Sandkiste. Zerrten den zerknirschten Torben an der Jacke. »Los, komm mit rüber.« Aber Torben wollte nicht. Jetzt war Torben auch noch bockig.
Hannes kam mit dem Plastikbagger angelaufen. So eine Art Friedensangebot vielleicht? War aber eine schlechte Idee, Torben schmiss den Bagger gegen das Klettergerüst, was dem taiwanesischen Billigprodukt nicht wirklich gut tat. Zersprang in circa sieben Teile. Irreparabel. Torben war schlecht drauf. Und Hannes war sauer. Er hatte den Bagger zu Ostern bekommen. Hannes schrie Torben an, Torben schrie Hannes an, Susanne schrie irgendwen oder alle beide an. Julia plärrte. Rainer schubste. Miriam schließlich kratzte. Ungezielt, wer da grad stand. Sofie stand daneben und keifte. Julia plärrte. Kapuze riss ab. Antje kam um die Ecke. Kalle blutete. Susanne Sand im Auge. Torben tobte. Rainer schimpfte. Julia plärrte. Antje rannte zu ihrer Mama. Rainer haute Torben. Susanne schubste Kalle. Kalle schubste Susanne.
Rainer haute Kalle ...

Torben war schlecht drauf. ■

Jürgen Dahm

Lehrer i. R.

Sehr geehrte Bundesregierung!
Hallo zusammen!

Also – geht doch!

80 Milliarden Coronahilfen – die »Bazooka« gegen die Pandemie. Ja, haben mitgeholfen, ihre Auswirkungen zu begrenzen. War gut so!
100 Milliarden Sondervermögen – für die Sicherheit und Verteidigung unseres Landes. Also auch Finanzmittel für reale Bazookas aller Art. Investitionen in Materie, die mit gewaltigem Aufwand produziert und zerstört wird oder im besten Fall verrostet, vergammelt. Gut so?

Aber da geht noch was!
Werte Bundesregierende. Imagine!
200 Milliarden Sondervermögen für Bildung,
Investitionen in die Köpfe und Herzen der kommenden Generationen.
Investitionen in Schulen, in die Kinder und Jugendliche gerne gehen und sich wohlfühlen.
Investitionen für die besten Lehrerinnen und Lehrer,
damit künftige Generationen lernen,
dass
Schreiben, Lesen und Rechnen Spaß machen,
sie mit Neugier die Welt begreifen und erleben –
es sich lohnt Geschichte(n) zu kennen, um die Zukunft toll zu gestalten.

sie
Realität und Fiktion unterscheiden,
man selbsternannten Führern und Erlösern
(meistens männlich) niemals blind folgt,
jede/r das Recht hat seine Meinung frei zu äußern,
Konflikte friedlich und kreativ gelöst werden können,
sie
die natürlichen Lebensgrundlagen schützen und
bewahren,
sie
ihre Lebensqualität mit eigenen Händen gestalten,
Bewegung positive Energien weckt und gesund hält,
und
wie man ein zufriedenes, erfülltes und glückliches Leben
gestaltet,
und
was es konkret bedeutet,
dass die Würde des Menschen unantastbar ist.

Ich bin sicher, diese 200 Milliarden machen unsere Welt nachhaltig friedlicher und sicherer. Das Geld für all die Bazookas werdet ihr künftig sparen können. Und die nächste Pandemie werden wir resilienter und gelassener überstehen.

Und sehr geehrte Bundesregierung,
andere werden eurem gutem Beispiel folgen.
Imagine.
Gründet die NETO – New Education Treaty Organization.
Die Mitgliedsstaaten verpflichten sich,
zehn Prozent ihres Bruttoinlandsproduktes
für Bildung auszugeben.
Ein globales Bündnis für Bildung.
Das geht!
Vertraut mir, ich weiß, was ich sage.

■

Nora Gomringer

Lyrikerin

Kämst du heute

Dresden, 2015

Komm größer als Trump!
Komm ja nicht schwarz und nur in China asiatisch!
Komm männlich!
Und wenn als Taube: Nimm die weiße Variante!
Die Krüppelfüßigen vergiften sie in Städten.
Komm an den Schläfen grau, aber nur dort!
Komm so wie Clooney! Kennst du den?
Komm mit PR-Berater. Lass dir von Williams ein Lied komponieren,
das Beyoncé singt und in Deutschland die Fischer!
Komm schnell!
Komm noch vor Weihnachten in diesem Jahr!
Und in Dresden gib ihnen deinen Geist!
Machst du das noch so?
Komm auch auf YouTube und live!
Unbedingt live!
12 Follower? Daran muss man arbeiten!
Komm und sei auf Fragen gefasst,
komm, frag uns!

Aus: Nora Gomringer: Gottesanbieterin. 2020, Voland & Quist, Berlin, Dresden & Leipzig.

■

Annelie Gerhard

Poetin

Der Weg

Auf dem Weg
Ins Irgendwo
Führt der Pfad
Durchs Nirgendwo

Den Schritt nach vorn
Niemals zurück
Nicht ein Gedanke
Nicht ein Blick

Weder Gepäck
Noch Ziel, noch Rang
Das Einzige:
Der Freiheit Klang

Egal wie weit,
Hauptsache fort
Egal wohin,
Wenn Frieden dort

Dagmar Finger

Erzieherin

Wann

Wann hört sie auf, diese Gewalt,
die sich in kalte Herzen krallt?
Wann können wir in Frieden leben?
Wann wird es keine Kriege geben?
Wann werden Menschen endlich wach,
wann denken wir darüber nach?
Wann und wann und immer wann.
Nach diesem Wann kommt stets ein Dann.
Doch wird es uns nicht weiter nützen,
wir können uns nicht selber schützen.
Wenn Terror sich mit Tod vereint,
wird an den Gräbern still geweint,
wenn Blut aus Opferherzen färbt den Boden,
der mit Hass gesät.
Es wird so niemals Frieden geben,
wir müssen diesen Frieden leben;
im Herzen und in der Vernunft,
sonst sind wir selber abgestumpft.
Sie macht mir Angst, die Angst in mir,
denn grad fällt mir Vergebung schwer;
doch breitet sie sich in mir aus,
geb' ich dem Terror ein Zuhaus'.
Dann werden Unschuldige verfolgt,
die diese Kriege nie gewollt.
Auch sie wollen in Frieden leben,
sich nicht dieser Gewalt hingeben.
Auf beiden Seiten wird geweint,
um die, die dann im Tod vereint.
Mit Blut von anderen gewollt.
Was können wir, was kann ich tun?
Wann werden endlich Waffen ruh'n?

■

Daniel Dakuna

Tramper, Autor

Die Apfelbäume

Hallo, mein Name ist Daniel und ich war zwei Jahre lang insgesamt 53.000 Kilometer per Anhalter unterwegs gewesen. Auch heute noch sind mir unzählige meiner 432 Mitfahrgelegenheiten in Erinnerung geblieben. Manche, weil sie extrem lustig waren, andere, weil sie zu unerwarteten Situationen geführt hatten und wiederum andere, weil mich ihre Geschichten berührt hatten. Ich möchte euch von zwei Personen erzählen, die ich im Jahr 2017 in Bosnien und Herzegowina kennenlernen durfte.

»Ich hasse Tramper«, war der erste Satz, den der kahlrasierte Bosnier mir entgegenwarf, nachdem ich auf seinem Beifahrersitz Platz genommen hatte, »aber ich liebe Tattoos und ich wollte mir deine unbedingt mal aus der Nähe anschauen.« Würde ich sagen, dass meine Tattoos beim Trampen generell von Vorteil gewesen waren, wäre dies eine klare Lüge. Aber wie so oft bestätigten Ausnahmen die Regel.
Nachdem der Tattoo-Liebhaber sich meine Arme sorgfältig angesehen hatte, erzählte er mir von seinem Leben in Bosnien und Herzegowina: »Hier zu leben ist nicht einfach, da die Löhne seit dem Krieg sehr niedrig sind. Aber wenn wir alle in wohlhabende Länder wie beispielsweise Deutschland geflüchtet wären, würde sich hier in Bosnien und Herzegowina nie etwas verbessern«, sagte er nachdenklich. Sein Name war Cemo. Bevor er mich in Sarajevo absetzte, lud er mich zu einem gemeinsamen Kaffee auf ein Aussichtsplateau ein. Ich sah auf eine von grünen Hügeln umstellte Metropole – und staunte. Es war wunderschön. Beim Aussteigen konnte ich erkennen, wie gravierend Cemos Skiverletzungen, von denen er mir während unserer gemeinsamen Fahrt erzählt hatte, tatsächlich waren. Er humpelte an meiner Seite zu einem der kleinen Plastiktische und wir genossen die Szenerie bei einem heißen Getränk.

»Ich erinnere mich noch ganz genau an diesen einen Moment in meiner Kindheit«, erzählte Cemo, als wir uns am folgenden Tag erneut in der Stadt trafen und gemeinsam zu Mittag aßen. »Ich war neun Jahre alt und der Krieg war gerade ausgebrochen. In unserem Kinderzimmer wurde mein zwölfjähriger Bruder vor meinen Augen von einem Scharfschützen erschossen.« Ich rang vergeblich nach Luft und sah in Cemos ausdruckslose Augen. Ich sah in die Augen meines neuen Freundes und konnte weder Wut noch Hass erkennen. »Weißt du«, sagte Cemo mit ruhiger Stimme, »wenn ich an damals zurückdenke, sehe ich meinen Bruder noch genau vor mir stehen. Wie er mich ansah, kurz bevor eine Patronenkugel ihn durch unser Zimmerfenster am Kopf traf.« Ich schob zitternd und appetitlos meinen Teller mit einer halbaufgegessenen Teigtasche in die Mitte unseres Tisches. »Krieg ist nicht nur sinnlos, er ist auch nicht fair. Viel zu viele von uns haben damals Menschen verloren. Aber wir haben gelernt, damit zu leben. Wir haben gelernt, weiterzumachen,« erklärte der Bosnier, während ich nach Worten suchte und schob eine kurze Frage nach: »Isst du den letzten Bissen deiner Teigtasche noch? Sonst würde ich ihn nehmen.«

Cemo erzählte mir auch von einer Bobbahn, die früher für die olympischen Winterspiele genutzt wurde. Die ehemalige Wintersportanlage wurde in der Nachkriegszeit mit diversen Graffitis verziert. Einige Tage nach dem Treffen mit Cemo folgte ich seiner Empfehlung und wanderte die Bahn hinab. Ich passierte neben Warnschildern vor nie gefundenen Landminen auch eine von der Zeit zerfressene Siegertreppe. Früher wurden dort bei den Olympischen Winterspielen Medaillen verliehen. Während des Krieges wurden genau auf dieser Treppe Menschen exekutiert.
Das Treffen mit Cemo machte mir nicht nur schonungslos bewusst, wie grausam die Jugoslawienkriege waren, sondern vor allem, wie wenig ich über sie wusste. Und das, obwohl ich zu dieser Zeit bereits am Leben war. Es war ein Gefühl, das ich noch nie zuvor in meinem Leben hatte. Und es schlug schnell in ein mir bekanntes um: Wut. Ich konnte jedoch nicht genau sagen, ob ich wütend auf den Krieg oder stattdessen wütend auf mich selbst war. Warum gab ich mich damals mit dem Wissen zufrieden, dass Jugoslawien früher einmal ein gutes Fußballnationalteam hatte und dann irgendwann in verschiedene Länder aufgeteilt wurde? Warum kam ich nie auf die Idee, mehr über die Kriege zu erfahren, die 1991 begannen und bis 2001 andauerten? Warum hatte es mich nicht interessiert?
Cemo setzte mich nach unserem gemeinsamen Mittagessen bei einem meiner merkwürdigsten Gastgeber ab. »Darf ich eine Dusche nehmen?«, fragte ich. »Nur wenn du sie anschließend wieder zurückbringst.« Olja, mein Gastgeber in Sarajevo, hatte einen sehr speziellen Humor. Außerdem hatte er nach eigener Aussage ein »Zwei-Sekunden-Kurzzeitgedächtnis«, was möglicherweise seinem zu hohen Konsum ungewöhnlich langer Zigaretten geschuldet war. ▶

Daher verwunderte es mich eher wenig, dass Olja auf die meisten meiner Fragen mit einem tiefen Zug und einem »Ich erinnere mich nicht« antwortete. Als ich am Morgen meiner Abreise seine Wendeltreppe herunterwankte, begrüßte er mich von der Ecke seines bordeauxroten Sofas. »Ich habe keine Ahnung, was es ist, aber irgendetwas scheinst du in deinem Leben richtig gemacht zu haben«, sagte er. Kurz darauf fiel mein Blick auf einen langhaarigen Mann, der extrem verkatert wirkte. »Verdammt, bin ich verkatert«, bestätigte er im selben Moment und nippte an einem frischen Bier.
»Hey, ich bin Oha. Ich fahre nach Mostar und kann dich mitnehmen«, sagte er und setzte seine leere Flasche auf dem hölzernen Küchentresen vor sich ab, »uff, nun geht's mir besser.« Mein Angebot, ihm zum Frühstück einen meiner Pfirsiche zu geben, lehnte Oha dankend ab. »Ich habe den Tag ungesund begonnen und will daran auch nichts ändern. Hier, nimm dir auch ein Bier. Zivio!« Meine Bedenken bezüglich unserer gemeinsamen Autofahrt konnte er geschickt beseitigen. »Ich bin angetrunken ein besserer Fahrer. Wenn ich nüchtern bin, rase ich wie ein Verrückter. Bin ich angetrunken, fahre ich schön vorsichtig.« »Zivio«, antwortete ich und lernte, dass Alkohol nicht nur beim Trauen, sondern auch beim Vertrauen helfen kann.
Oha war ein großgebauter Mann, dessen dunkler Hulk Hogan-Bart ihn wie einen Rockstar wirken ließ. Ich trug der Einfachheit halber meist einen schwarzen Vollbart, durch den ich je nach Sichtweise entweder wie ein Obdachloser, ein israelischer Hipster oder ein Tramper wirkte. Während wir gemeinsam in seinem Auto saßen, erzählte auch Oha mir von seiner Kindheit. »Ich wuchs im Heim auf und war vierzehn Jahre alt, als der Krieg ausbrach. Waisenkinder waren die perfekten Soldaten«, erklärte Oha, »Kinder machen generell, was man ihnen sagt – und falls sie sterben sollten, werden sie von keinem vermisst.« Es waren Worte, die wehtaten und mich mit einer schonungslosen Realität konfrontierten: seiner Realität. »Ich zog mit 14 Jahren in den Krieg und habe sieben Menschen getötet. Ich kann mich noch an jeden einzelnen von ihnen erinnern.« Man konnte an seiner zögerlichen Wortwahl erkennen, dass ihm das Reden über die damaligen Ereignisse viel abverlangte. Ich sah in Ohas Augen und blickte in dieselbe Ausdruckslosigkeit wie zuvor bei Cemo. Ich versuchte, meine Tränen zu verbergen, als Oha damit begann, von dem Wendepunkt seines Lebens zu erzählen: »Ich fiel in ein tiefes Loch, wurde aber gerettet«, sagte er, »Musik hat mir das Leben gerettet.« Oha gründete nach dem Krieg eine Band mit dem Namen Dubioza Kolektiv, die in den

Folgejahren zu einer der bekanntesten Musikgruppen des Balkans wurde. Er verdiente gutes Geld, fand eine Frau, die er nach wie vor liebte und lud mich in seine für dortige Verhältnisse luxuriöse Wohnung ein. Oha war ein Rockstar. Er schenkte mir über den Abend verteilt viel zu oft von seinem selbstgebrannten Schnaps ein, umarmte seine Kinder, bevor er sie ins Bett schickte und schaute mit mir gemeinsam auf seiner Veranda sitzend in Richtung ihrer Apfelbäume. »Ich hatte Glück«, sagte er, »großes Glück und dafür werde ich für ewig dankbar sein. Glaub mir, ich hätte es nie für möglich gehalten, dass ich irgendwann mal auf einer eigenen Veranda sitzen würde und dabei meine Apfelbäume beobachten kann.«
Mittlerweile füllte seine ehemalige Band ohne ihn diverse Konzerthallen Europas. Trotzdem hatte die Musik Oha nie verlassen. Er gründete eine Musikschule in Mostar, um dort Menschen kostenfrei die Möglichkeit zu geben, ein Instrument zu lernen und miteinander zu musizieren. »Musik hat mir das Leben gerettet, nun will ich auch anderen genau diese Möglichkeit geben«, erklärte er bescheiden. Er war einer der Menschen, die mich auf meiner Reise tief inspiriert haben. Ohas Geschichte verdeutlichte mir nicht nur, dass man jeden noch so schweren Schicksalsschlag verarbeiten konnte, sondern zeigte mir auch noch etwas anderes. Er hatte trotz seiner entsetzlichen Vergangenheit einen Weg gefunden, anderen Menschen durch seine Erfahrungen zu helfen. »Wenn ich auch nur eine Person mit meiner Schule davor bewahren kann, durch dieselbe Hölle zu gehen, durch die ich damals musste, bin ich glücklich. Denn weißt du, erst wenn wir unsere Menschlichkeit verlieren, hat der Krieg gewonnen. Doch solange wir einander helfen, machen wir weiter. Auch wenn dies manchmal wie das schwerste auf dieser Welt erscheint.«
Das letzte Glas leerte ich alleine und richtete meinen Blick in Richtung des mit Sternen gefüllten Firmaments. Es waren Oha und Cemo, über die ich bis tief in die Nacht nachdachte. Wie konnten sie über ihre Kindheit reden, ohne dabei nicht jedes Mal in Tränen auszubrechen? Wie konnten sie mit einer derart grausamen Vergangenheit abschließen und weiter nach vorne blicken? Am Ende einer langen Nacht fand ich eine mögliche Antwort: Sie konnten es, weil sie es können mussten. Und jemand wie ich, der noch nie einen Krieg durchleben musste, wird dies niemals verstehen können. Ich schob das leere Glas auf die graue Fensterbank, schaute auf die schwarzen Silhouetten von Ohas Apfelbäumen und wünschte mir, dass ich es niemals in meinem Leben verstehen werde. ■

Dany R. Wood

Autor

Ein bisschen Frieden?

Na, wer kann sich noch daran erinnern? Im April 1982 katapultierte sich die Sängerin Nicole beim Eurovision Song Contest in England mit »Ein bisschen Frieden« auf den 1. Platz. Der Hit wurde von Ralph Siegel komponiert und von der 17-jährigen Saarländerin mit ihrer Gitarre wie ein Engel mit wallendem Haar und glockenklarer Stimme vorgetragen, während im Hintergrund jemand an der Harfe zupfte. Ach, war das schön. Der Wunsch nach ein bisschen Frieden auf dieser Erde war einfach ein sehr emotionaler und berührender Vortrag. Auch wenn ich bei dem TV-Auftritt noch keine vier Jahre alt war und bei der Live-Übertragung im Bettchen vor mir her schlummerte, so ist dieses Ereignis dank »Youtube« jederzeit abrufbar. Und als waschechter Saarländer guckt man sich natürlich unsere Nicole regelmäßig an, da sie für mich sowieso der größte Pop-Star aller Zeiten ist – da ist die Madonna dagegen aber eine ganz kleine Luftnummer, gell;-)

40 Jahre nach Nicoles Appell an den Frieden werden fürchterliche Bilder und Aufnahmen aus der Ukraine gezeigt, die mich sprachlos und fassungslos machen. Wie ist es möglich, dass im Jahr 2022 mitten in Europa ein Krieg herrscht und die russische Armee in ihr Nachbarland einmarschiert und viele unschuldige Menschen einen völlig sinnlosen Tod sterben müssen? Wie kann es sein, dass ein einziger Mensch so viel Macht haben kann und dass kein Politiker auf der Welt sich dem kriegerischen Vorgehen in die Quere stellt? Wenn ich die Beiträge im Fernsehen sehe, fühle ich mich wie in einem schlechten Film. Es fühlt sich an, als ob Hollywood ein spektakuläres Kriegs-Epos drehen würde – nur leider ist das Geschehende Realität und keine Fiktion. Bei Filmen gibt es oftmals ein Happy-End – im Fall des Ukraine-Krieges wünsche ich mir einen sofortigen Stopp dieses Wahnsinns, denn von einem glücklichen Ende kann nach den vielen Opfern keinesfalls mehr gesprochen werden. Ich wünsche mir eine sofortige Waffenruhe und ein friedliches Miteinander, um die Konflikte schnell und ohne Gewalt lösen zu können. Das muss doch irgendwie machbar sein!

Auch wenn die aktuelle Situation sehr surreal ist und mich total erschüttert, so finde ich die Solidarität mit den Ukrainerinnen und Ukrainern in unserem Land sehr beeindruckend. Ganz gleich, ob Geld-, Sachspenden, Hilfstransporte, Friedensdemos oder die Bereitstellung von Wohnraum für Flüchtlinge – es gibt eine sehr große Anteilnahme und Hilfsbereitschaft in der Bevölkerung, die mich wirklich sehr stolz und glücklich macht. Gleichzeitig schwingt da auch ein großes Stück Hoffnung mit, dass der Krieg ein ganz schnelles Ende findet und die Menschen friedvoll miteinander leben können. Übrigens hat Nicole ihren »Ein bisschen Frieden«-Hit auch auf russisch gesungen – doch leider hat man das im Kreml wohl nicht mitbekommen. Bei einer Neuauflage des Anti-Kriegs-Liedes müsste der Text unbedingt geändert werden, denn was ist schon ein »bisschen« Frieden? Das reicht doch überhaupt nicht aus. Mein Appell für die Nicole und ihr Team lautet daher zum 40-jährigen Jubiläum, dass das Lied ganz schnell abgeändert werden sollte und ein »bisschen« ersetzt werden muss. Übrigens können Sie ab hier auch singen, statt zu lesen:

Der absolute Frieden, ein bisschen Sonne
Für diese Erde, auf der wir wohnen.
Ein absoluter Frieden, ein bisschen Freude,
Ein bisschen Wärme, das wünsch' ich mir.

Bekanntlich verbindet das Singen die Menschen und gibt auch Hoffnung. Wenigstens ein bisschen …

■

Daniela Ewen

Autorin

Die Tränen der Friedenstaube

Es war einmal in einer tiefschwarzen Nacht des Jahres 2022, als die schneeweiße Friedenstaube vor Kummer keinen Schlaf fand. Auf dem europäischen Kontinent war Krieg ausgebrochen. Die Menschen hatten noch immer nicht gelernt, dass der Krieg ein Spiel war, das nur gewonnen werden konnte, indem man es nicht spielte. Die Schreie, Gedanken und Gebete der Unschuldigen stiegen zum Himmel hinauf und gellten laut in den Ohren der Taube. Sie lauschte in die Dunkelheit.

Das erste, was sie hörte, waren die Gedanken eines Soldaten, der in einem Schützengraben lag. »Geht es meiner Familie gut? Ist sie in Sicherheit? Wie geht es meiner Frau? Werde ich meine Kinder jemals wiedersehen? Ich wünsche mir nichts mehr, als sie gesund aufwachsen zu sehen. Und doch bin ich hier, inmitten von Leid, Schmerz und Tod. So viele Kameraden sind schon gefallen. Die letzte Granate ging nur knapp an mir vorbei. Wird mich die nächste treffen? Ich habe Angst. Ich will noch nicht sterben.« Als die Taube diesen Gedanken lauschte, quoll ihr Herz über vor Mitleid, und sie weinte bittere Tränen um alle Soldaten.

Als Nächstes hörte sie die Gedanken einer jungen Mutter, die mit ihren Kindern im Luftschutzbunker saß. »Hoffentlich sind wir hier in Sicherheit. Über uns sind Flugzeuge, ich höre die Luftschutzsirenen. Bomben fallen. Meine Kinder schreien und zittern vor Angst. Ich tröste sie, so gut ich kann. Aber auch ich habe Angst. Werden wir diesen Wahnsinn überleben? Werde ich meinen Mann lebend wiedersehen? Was, wenn wir verletzt werden oder obdachlos? Was werden die feindlichen Soldaten mit uns machen? Werden sie mir Gewalt antun? Ich darf nicht sterben. Ich muss leben, für meine Kinder. Warum passiert das alles nur?« Die Taube war voll des Kummers, als sie diesen Gedanken lauschte, und sie weinte bittere Tränen um alle Frauen und Mütter.

Die nächsten Gedanken, die die Taube hörte, waren die eines kleinen Kindes. Es weinte laut und klammerte sich voller Angst an seine Mutter und die größere Schwester. »Was passiert hier? Warum knallt es so laut? Die Schreie und das Heulen der Sirenen machen mir Angst. Wo ist Papa? Warum ist er nicht bei uns? Wenn er da wäre, hätte ich sicher nicht so viel Angst. Warum ist es zu Hause nicht mehr sicher? Und warum blutet Mama am Kopf? Mama? Bleib doch wach! Mama?« Als die Taube die Gedanken des kleinen Kindes hörte, wollte ihr Herz vor Kummer zerreißen, und sie weinte bittere Tränen um alle unschuldigen Kinder inmitten des unaussprechlichen Horrors des Krieges.

Auch die Schreie der gepeinigten Erde drangen zu der Taube hinauf. Schwarz verbrannt und blutgetränkt wartete sie darauf, dass jemand den roten Knopf drückte und ihrem Leid ein Ende setzte, indem sie sie endlich vernichtete. Vielleicht wäre es eine Erlösung für sie. Als die Taube die Schreie von Mutter Erde vernahm, weinte sie bittere Tränen um sie.

Als die Nacht zu Ende war und die Sonne am Firmament aufging, bemerkte die schneeweiße Friedenstaube, dass sich alle Tränen, die sie in dieser Nacht vergossen hatte, am Boden zu einem kleinen See gesammelt hatten. Und das letzte, was sie sah, als ihr trauriges Herz brach, war ein kleiner, bunter Regenbogen der Hoffnung, der aus den Tränen durch das Licht der Sonne zum Himmel emporstieg.

■

David Sebastian Hauck

Bankkaufmann und
Wirtschaftspsychologe

Donnergroll im Abendlicht

Donnergroll im Abendlicht –
blass und fahl war ihr Gesicht,
Sirene heult durch Mark und Bein –
Kinder wimmern, Mütter schrei'n.
Die Türen schließen –
letzte Chance,
ein Arm, zur Hand,
ein großer Schritt, ein letzter Zug –
Du kommst noch mit!
Gepäck auf dem Bahnsteig stehen gelassen.
Egal.
Vater, Mutter, Kind, alle zusammen;
jedoch nur bis zur Grenze.
Vater fährt zurück.
Vaterlandsverteidigung!
Alle Mann ans Gewehr!
Wenn Menschen sich vor Panzer stellen,
Mollis an Konvois zerschellen ...
Doch »**er**« rollt noch: Der Konvoi der Konvois.
Bislang konnte ihm nichts etwas anhaben ...
Die grüne Schlange misst ungefähr sechzig Kilometer ...
Grün steht für Gift.
Züngelnd sucht sie sich ihren Weg.
Ihre Glieder bestehen aus Tankfahrzeugen,
Kampfpanzern, Truppenwagen ...
Nachschub, Nachschub. Nachschub für den eisernen Ring.
Brot für den Soldaten, Granaten für die Stalinorgel.
Sie möchte heute Nacht ihr Konzert beginnen ...
Sie kann aber nur die hohen Töne.
Den Bass besorgen die Detonationen.
Eine Schlange ist nicht sehr intelligent –
sie orientiert sich rudimentär.
Sie kommt immer wieder ins Stocken,
denn tapfere Krieger haben alle Straßenschilder entfernt.
Ohne Straßenschilder kein Vorankommen.
Ivan orientierungslos. Noch.
Vielleicht kann die Faust noch etwas verrichten.
Wo bleiben die Fäuste !!?? Verzweiflung.
Wir haben seit Stalingrad keinen Krieg mehr gewonnen ...

Diesmal zählt es. Diesmal muss es klappen. Alles in die Waagschale.
Lukasch dieser schmierige Hund soll auch noch helfen.
Ich achte ihn nicht, aber er kommt mir gelegen.
Ich kann nicht verlieren.
Ich darf diesmal **auf keinen Fall** verlieren ... ich bin fast siebzig.
Das ist mein letztes Werk. Ich gehe über Leichen. Und sei es über meine **eigene**.
Wladimir, was ist los mit Dir? Wladimir, die Flugabwehr!
Tausend Stinger sind am Start, ich hoffe, das wird nicht zu hart.
Trefferquote achtzig Prozent, fire and forget.
Warum lässt Du die Schlange nicht durch Hubschrauber schützen
und begleiten, wie jeder moderne Feldherr das tun würde? Hat das eventuell
etwas mit den Raketen zu tun, die gestern schon angekommen sind?
Wären die Verluste nicht mehr erklärbar?
Doch nun sind Deine Flanken ungeschützt.
Vielleicht gelingt es, ein paar Fremdenlegionäre von der Seite
angreifen zu lassen.
Ein Dreiundsechzigjähriger aus den USA ist auch schon unterwegs.
Er hatte Tränen in den Augen.
Deine jungen Soldaten müssen sterben,
weil Du »Lebensraum im Westen« beanspruchst.
Letztes Jahr waren sie mit ihrer Freundin am Schwarzen Meer baden.
Jetzt schickst Du sie zur »Übung« erneut dort hin.
Was im Krieg zuerst stirbt, ist die Wahrheit.
Wladimir, warum trägst Du neuerdings einen zu großen Anzug?
Du siehst irgendwie aufgedunsen aus. Du konsumierst doch nicht etwa?
Andere sind an dem Zeug im Bunker böse draufgegangen und haben gegen
Ende auch immer ihre Hand festgehalten, so wie Du neuerdings.
Dein ungeliebter Halbnamensbruder Wolodymyr sieht irgendwie frischer aus.
Er hat sich zeitnah den Olivpulli übergestreift.
Er sagte: »Unsere Waffe ist die Wahrheit. Und die Wahrheit ist:
Das hier ist unser Land!«
Prädikat Medienprofi. Eigentlich bist Du doch auch ein Medienprofi, Wladimir.
Aber aktuell ...
Wirkt so charmant wie Neonlicht im Kühlhaus, was ihr da produziert.
Lass Dich mal von Steven Spielberg beraten.
Der soll jetzt auch Kurzfilme drehen ... Ach nein. Spielberg ist ja auch ein Nazi.
Genau wie Selenskyj, ganz vergessen.
Ein krasser Move ist, wenn man mit Charme und Herzblut Menschen hinter
sich versammelt. Ein ziemlich unkrasser Move ist, wenn man irgendwelche
Storys erzählen muss, damit so knapp die Hälfte der Menschen einem folgen.
Dumm nur, dass von denen wiederum viele in direkter Abhängigkeit zu Dir
stehen. Wladimir, was ist los mit Dir? Als guter Christ weißt Du doch, was Gott
Kain gefragt hat; er hat gefragt:
»Kain, wo ist Dein Bruder Abel?«
Möchtest Du von Gott gefragt werden: »Wladimir, wo ist Dein Bruder Wolody-
myr?«
Für Kriegsverbrecher gibt es kein Fegefeuer. Sie fahren direkt in die Hölle.

■

Diana P. Lavender

Autorin

Betty

Du musst es tun. Wir brauchen das Geld, sonst verhungern wir, sagt meine Mutter und sieht mich betrübt an. Wir stehen auf unserer Terrasse mit den kaputten Steinplatten. Ich balle die Faust und versuche den Kloß im Hals zu verdrängen. Der Krieg ändert alles, wenn er in unser Leben kommt. Eben noch fern, jetzt bei uns. Mein Blick trifft Betty, die sich auf der kleinen Wiese hinter unserem Haus in einer Schlammpfütze wälzt. Ich habe sie wegen ihrer Kurven nach einer berühmten Comic Figur benannt. Komm mein Mädchen, wir machen einen Ausflug, rufe ich ihr zu. Sie kommt, und wir steigen beide, so wie wir es schon seit Jahren tun, in unseren verrosteten Kastenwagen. Sie hinten in den Kofferraum, und ich vorne auf den löchrigen Fahrersitz. Die Tour geht vorbei an unserem Dorf. Einst eine wunderschöne Altstadt, stehen dort nur noch Gerippe von Häusern. Schwarz verkohlt vom Bombenhagel.

Der Asphalt getränkt mit dem Blut der Frauen und Kinder, die hier starben. Betty grunzt im Hintergrund. Sie denkt, es geht auf Trüffeljagd. Sechs Jahre ist es her, dass mein Vater sie mir schenkte. Wir waren unzertrennlich seit ich zwölf gewesen bin. Sie liebt es, Bällchen zu spielen und gibt lustige Laute von sich, wenn ich ihren borstigen Bauch kraule. Das Waldstück kommt näher.

Eine Gruppe Männer hat sich dort am Rand versammelt. Vladimir, der Schlächter, grinst, als er mich sieht. Sie warten also schon auf uns. Beim Näherkommen sehe ich, dass ein großer Bottich mit heißem Wasser bereitsteht und eine weiße Plane liegt daneben. Meine Hände zittern, als ich Bettys Halsband entferne. Ein Mann mit schütterem Haar packt mein Schwein grob.

Sie wird viele Mägen füllen, sagt Vladimir und drückt mir ein Bündel Geldscheine in die Hand. Ich gehe langsam zum Auto zurück. Hinter mir höre ich ein qualvolles Quieken. Es dringt mir durch Mark und Bein. Im Krieg müssen wir alle Opfer bringen. Er nimmt uns alles, was wir lieben.

■

Dirk Jäger

Autor

Wie?

Wie erklär' ich meinem Kind,
keinen Hass zu spüren,
wenn selbst die Größten dieser Welt
ihn täglich weiter schüren.
Wie erklär' ich meinem Kind,
dass Kluge stets nachgeben,
wenn Bomben, Feuer und Beschuss
diese einfach nur wegfegen.
Wie soll mein Kind sanftmütig sein,
wenn Psychopathen uns regieren
und Liebe nur die Lösung ist,
um off'nen Auges zu verlieren?
Wie mache ich mein Kind glauben,
der Mensch an sich sei gut,
dass Rache nie der Ausweg ist
und falsch ist jede Wut.
Und doch, mein Kind soll friedvoll sein,
nach Liebe einzig streben;
uns're Stellung wird gleich überrannt
und ich verlier mein Leben.

Nicole

Sängerin, Gewinnerin des
Eurovision Song Contest 1982

Mehr als ein bisschen Frieden

Wir haben aus den Fehlern nicht viel gelernt
Und uns vom Frieden immer weiter entfernt
Dabei glaubten wir
Wir schaffen hier
Eine bessere Welt

Doch die dort oben spielten weiter ihr Spiel
Und wir hier unten hatten bloß so'n Gefühl
Von Ohnmacht und Zorn
Verraten – verlor'n
Sind die Träume von einst

Die Zeit läuft uns davon
Die schöne Illusion
Verfliegt wie'n Luftballon im Wind
Denn alles ändert sich
Nur Reden ändert nichts
Und diese Welt braucht ganz bestimmt

Mehr als ein bisschen Frieden
Mehr als ein bisschen Vernunft und Gefühl
Ganz oder gar nicht – denn Einsicht kommt niemals zu spät
Mehr als ein bisschen Frieden
Lieber Gott mach uns aus Schaden mal klug
Dass wir versteh'n – ein bisschen ist nicht genug

Dominik Hammes

Podcaster, Autor, Sprecher, Moderator

Wie über den Frieden schreiben, wenn das alles ist, was man kennt?
In diesem Text stand ursprünglich eine recht harte Abrechnung mit der deutschen Einstellung zu Kriegen im Ausland. Mit dem Kopf, den man nur zu gern in den Sand steckt, wenn ein Krieg ausbricht. Der Amnesie, wenn es um die eigene Beteiligung an Konflikten um die Jahrtausendwende und Rüstungsexporte geht. Texte, die so beginnen, sind wichtig, aber sollten von Menschen mit mehr Expertise und unter anderen Vorzeichen geschrieben werden.

Hoffnung ist es nämlich, die mich umtreibt. Die historischen Ereignisse der jüngsten Gegenwart haben die Jahresrückblicke, und damit auch uns selbst, in erschreckender Regelmäßigkeit überfordert. Nach Krisen und Naturkatastrophen; nicht nach, sondern während einer Pandemie kam der Krieg nach Europa, und es ist neben dem Krieg auch die Angst, die uns bedroht.

Als jemand, der 1982 in privilegierte Verhältnisse in Westdeutschland geboren wurde, bestand ein großer Teil meines Erwachsenwerdens daraus, Vermutungen und Illusionen abzulegen und zu realisieren, wie behütet der eigene Elfenbeinturm wirklich war und ist. Dass meine Generation ohne Krieg aufgewachsen sei, stimmt nur, wenn man Kriege und Konflikte nicht zählt, die zeitlich oder räumlich so große Distanz zu Deutschland aufweisen, dass man es sich irgendwie verzeiht, sie nicht richtig wahrzunehmen. Irgendwie befriedigt es vielleicht auch das sehr westlich weiße Ego, wenn nur außerhalb der eigenen politischen Grenzen gekämpft wird: Hier wird die Distanz in Zeit und Raum in Wahrnehmung und emotionaler Bewertung identisch. Dort wo Krieg stattfindet, müsse man wohl erst noch lernen, den Frieden zu schätzen, könnte die dahinter liegende Logik lauten.
Nun geht es aber um die Ukraine. Der Krieg ist nah und

die Lage vergleichsweise klar. Wie soll man nicht moralisch hinter einem Land stehen, in das Truppen einer Atommacht einmarschieren, die dieses Land ohne Not angreifen? Ausgesandt von einem Regime, das das eigene Volk konsequent belügt, die Presse unterdrückt und Wahlen manipuliert. Selbst dem überzeugtesten Pazifisten fällt es hier schwer, militärische Unterstützung und Waffenlieferungen zu verurteilen, denn jeder hat das Recht, sich bei einem nicht provozierten Angriff zu verteidigen, und die Pflicht, dabei zu helfen ergibt sich ohne moralphilosophische Gedankenakrobatik.

Dennoch, bei jeder Waffenlieferung und den steigenden Investitionen in die Bundeswehr wird kein Pazifist ein gutes Gefühl haben. Bei aller Notwendigkeit sind Krieg und Militär in diesem Land ein Fremdkörper. Krieg ist etwas, das an einem anderen Ort, zu einer anderen Zeit stattfindet. Wenn in unserer Gegenwart Kinder aus der Ukraine fliehen und auf der Fahrt in die Sicherheit weinend von den Helden erzählen, die ihr Land verteidigen, spüren wir Mitleid für nahezu alle Beteiligten, aber auch einen Schmerz, der weniger im Herzen und mehr im Hirn sitzt: Wir leben wieder in einer Zeit, in der Soldaten Helden sein können. Wie soll man diese Dissonanz vereinen? Das Unwohlsein, dass jeder Hauch von Krieg und Militär auslöst, konfrontiert mit der Notwendigkeit der Verteidigung. Der Kopf weiß um die brutale Unsinnigkeit des Krieges, das Herz erahnt von unserer luxuriösen Position im sicheren Deutschland aus, wie sich die Schicksale entwickeln. Wie Traumata entstehen, Familien zerrissen werden, wie Menschen, die eben noch im gleichen Büro gearbeitet haben, plötzlich in gegeneinander kämpfende Armeen eingezogen werden. Wie Personen buchstäblich ohne physische Überreste ausgelöscht werden.

Ich höre die Zyniker schon, die die plötzliche Betroffenheit der Deutschen kritisieren. Wie schnell wir unsere problematische jüngere Vergangenheit der Beteiligungen und Nicht-Beteiligungen an anderen Konflikten wohl vergessen haben, wie konsequent wir ignorieren, dass der beständige Frieden, den wir seit dem Ende des Zweiten Weltkriegs genießen, nur innerhalb Europas gilt. Wie unterschiedlich wir als Gesellschaft darauf reagieren, wenn Flüchtlinge eine hellere oder eine dunklere Hautfarbe haben, ob sie aus europäischen, demokratischen Ländern kommen oder nicht.

Auf diese Inkonsistenz ausschließlich zu reagieren, indem man diesen »Whataboutism« als solchen identifiziert, greift zu kurz. Man muss zukunftsgerichtet akzeptieren, dass auch hier Hilfe von uns gefordert war und ist. Menschen sind nicht perfekt, aber das war niemals und darf niemals der Grund für Apathie sein. Außerdem gibt es eine Fraktion da draußen, deren Kniesehnenreflex, deren Mantra »Man kann nicht alle retten«, »Das Leben ist nicht fair« oder »So ist das eben« zu sein scheint. Als wäre es nicht das menschlichste, das wichtigste nach einer Verbesserung der Lebensumstände fur alle zu streben. Wer »Das Leben ist nicht fair« auf alles antwortet, gibt auf und kann gerne alle erkämpften Rechte, erfundenen Technologien und verliehenen Privilegien am Ausgang abgeben, bevor man sich aus dem Diskurs verabschiedet.

■

Elina Sahner

Schülerin

Liebe

Frieden ist besser
Frieden ist schön
Krieg ist das Böse
Krieg ist kein Leben
selbst wenn alles zerbricht
die Scherben spiegeln das Licht
doch die Spuren des Krieges werden niemals verwischt
man kann nicht immer alles haben
Frieden und auch Krieg
doch für was würde man sich entscheiden
wenn einem was an Liebe liegt?

■

Esther Ben Mohamed

Musikerin und Autorin

Sprachlosigkeit

Wenn es so etwas
wie Friedensglocken gibt,
sollten sie lauter tönen
als alle Kriegsgeräte,
die auf Menschen abgefeuert werden.
Wenn es so etwas
wie friedvolle Herzen gibt,
sollten sie sich flächendeckend
verströmen, ohne ein Fleckchen Erde auszulassen.
Wenn es so etwas
wie Frühlingsvorfreude gibt,
sollte sie alle unsere Herzen
anstecken mit Liebe und Hoffnung.
Wenn es so etwas
wie einen Beschützer gibt,
sollten wir mit ihm
Hand in Hand einen großen Kreis
um die Welt bilden –
einen Friedenskreis ...

■

Ferenc Liebig

Technologiescout

Trümmer

Was nimmt der Krieg nicht alles
und was er so gierig nimmt,
wird er nicht wieder hergeben.
Der Krieg beißt ins rohe Fleisch,
der Krieg lässt erzittern,
der Krieg verursacht Spuren,
die sich nicht begradigen lassen.
Es ist auch die Gewissheit,
dass es jederzeit wieder geschehen kann,
dass die Geschichte lehrt, aber nicht schützt.
Der Krieg frisst sich durch uns hindurch,
der Krieg fordert Zerstörung,
der Krieg fördert sämtliche Ängste,
mit jedem Krieg fangen wir bei Null an,
die Hoffnung aufzubauen,
dazu gelernt zu haben.
Ich musste an einen Erzählband
von Leo Tolstoi denken,
über die Zerbrechlichkeit des Lebens,
über die Sinnlosigkeit des Kampfes,
über die klaffenden Wunden,
die nach Hause getragen werden,

die auseinandergerissenen Familien,

den Tod darin,

die Leichen,

das ist Krieg.

Mensch gegen Mensch.

■

Frederic Buchheit

Dichter, Autor

Krieg – ein FinanzGedicht

Das erste, was im Krieg zerfällt,
ist die Wahrheit, dann das Geld.

Man läuft nicht mehr des Geldes wegen,
vielmehr um's nackte Überleben.

Wie grausam der Krieg wirklich ist,
zeigt er dann zuerst dem Zivilist.

So lässt sich schon am Anfang sagen,
wer am End' das Leid zu tragen.

Warum? Um alles In der Welt?!
Doch nicht wiederum das Geld?!

Probleme lösen Kriege nicht,
sie schaffen neue – wo keins ist.

FinanzGedichte, 24.2.2022
gewidmet allen Freunden des Friedens

■

Gerd Heger

Moderator, Redakteur, Journalist

Himmelblau
Lied gegen die Angst

Wenn die Erde auch quietscht
Und der Himmel auch plombt
Fürchte dich nicht
Wenn die Liebe auch zischt
Und der Wahnsinn rumbombt
Fürchte dich nicht
Hab' keine Angst, mein Mädchen,
Dort am End' vom Tunnel, schau,
Hab' keine Angst, mein Mädchen,
Weht ein Gelb im Himmelblau.

Wenn die Krankheit auch schwärt
Und die Nacht liegt kalt wach
Fürchte dich nicht
Wenn der Geist auch verwaist
Und die Hoffnung verkracht
Fürchte dich nicht
Hab' keine Angst, mein Mädchen,
Dort am End' vom Tunnel, schau,
Hab' keine Angst, mein Mädchen,
Weht ein Gelb im Himmelblau.

Wenn die Stadt auch betäubt
Und der Keller erkält'
Fürchte dich nicht
Weil dein Herzkerzlein brennt
Und von innen erhellt
Fürchte dich nicht
Hab' keine Angst, mein Mädchen,
Dort am End' vom Tunnel, schau,
Hab' keine Angst, mein Mädchen,
Weht ein Gelb im Himmelblau.

Gitte Frank

Autorin

Wir wünschen euch Frieden

Ist Kiew nur irgendein Ort?
Kennst du ihn nicht – such ihn dort
wo Erde erstickt, der Tod dich erschrickt – dort such ihn!

Ist Kiew nur irgend ein Ort?
Kennst du ihn nicht – such ihn dort
wo Lachen verstummt aus Kindermund
und Traurigkeit zieht übers Land !

Wir wünschen euch Frieden für eine bessere Zeit.
Wir bauen heut Brücken – kein Weg ist zu weit.
Es sind Brücken der Hoffnung
Es sind Brücken der Kraft !
Wir wünschen euch Liebe mit all unsrer Macht.

Ist Kiew nur irgendein Ort?
Grenzenlos Einsamkeit dort.
Dringt in jedes Haus – dringt in jedes Herz – tut weh !

Ist Kiew nur irgendein Ort?
Für uns ist er nicht mehr weit fort
Wir geben nicht auf und glauben daran,
dass Frieden wieder einziehen kann.

Wir wünschen euch Frieden im Wandel der Zeit.
Wir bauen heut Brücken – kein Weg ist zu weit.
Es sind Brücken der Hoffnung
Es sind Brücken der Kraft !
Wir wünschen euch Liebe mit all unsrer Macht.

Helga Koster

Lyrikerin

Gott
Du Allmächtiger
stehe Du
den Kindern bei
tröste die Mütter
und zeige den Vätern
dass man
mit der Waffe
in der Hand
diese zur Versöhnung
ausstrecken kann
folgt eurem Herzen
und nicht den Mächtigen
und Gierigen
in eurem Land

Mütterchen Russland

weint
ihr Sohn soll
in den Krieg
für wen soll er
sterben
für die Menschen
in Russland
haben die
das befohlen
für die Menschen
in der Ukraine
haben die
ihn verletzt
wie krank ist es
die jungen Menschen
so in den Tod
laufen
zu lassen

■

Johannes Keller

Sozialarbeiter, Sozialpädagoge

Geister auf den Blumenwiesen

Blüten auf der Wiese
warfen weitere Blüten auf den Wiesen
Der Tag versuchte uns zu begrüßen
doch wir sind schon lange nicht mehr da
wir sind nicht bei uns

Wir weilen in den Büros
in den Skeletten dieser Häuser
in denen wir einmal arbeiteten
wir sind die Geister und wir warten

auf eure Rückkehr in ein Leben ohne den Straßenkampf
wir hören eure Schüsse,
wir sind als einzige auf den Straßen
kein Schuss kann uns mehr berühren
wir sind die welche schon gegangen sind
doch wir sehen euch zu

In der Vergangenheit kopierten wir nur Papier
so wie ihr
Wir verschickten Dinge mit unseren Smartphones
so wie ihr
wir wussten um die Pausen
so wie ihr

heute erreichen eure Nachrichten uns nicht mehr
und eure uns nicht mehr
denn wir sind die Toten
und wir sind ruhelos erzählt ihr euch

In diesen letzten Orten wo die Liebe zusammenrückt
in der Angst der Stunden
schlägt der Hass ins Zentrum ein
Feuer, Todeswind und Tränen
und Feuer immer wieder Feuer und Blut

Wir kauern hinter Mauern
die kalt geworden sind
die Angst den Kopf zu heben
Die Geister können uns nicht warnen
denn wir können sie nicht mehr hören

Niemand lacht hier mehr
eine gespenstische Stille
durchdringt die Orte
vielleicht auch keine Worte mehr
keine Telekommunikation

Wir sind alleine hier und
warten auf die Schüsse,
den Widerstand
und auf unseren Tod

Wir sind noch nicht gebrochen
Doch die Sonne geht unter
und wir wissen es wird weitergehen

Wir sind alleine
und sehen unser Leben vor uns aufleuchten
Und unsere Kinder
sie fragen verzweifelt Fragen
zwischen den Schüssen
ist es schwierig Antworten zu geben
die Schüsse sind zu laut
es ist nicht die Zeit für Erklärung

sondern verstecken und zurückschießen
ihre Köpfe treffen
aus den Tiefgaragen hören wir dumpf die Einschläge von Bomben
Ein nervöser Mann, keine zwanzig Jahre alt
schaut die ganze Nacht
zum Eingang hin

Plötzlich kehrt die Stille wieder ein
Und wir sind allein mit unsren Kindern,
wir halten sie im Arm
Es ist verdammt kalt hier
und wir wissen nicht was Morgen sein wird

Wir möchten den Kindern so gerne sagen
dass die Welt so nicht ist
aber sie können uns nicht glauben
Wer könnte es ihnen verdenken?

▶

eigentlich fühlen wir uns selbst unglaublich allein
und auf uns gestellt, wir Erwachsenen
wir wissen aber dass wir antworten müssen
vielleicht haben wir dazu halt
nicht mehr genügend Zeit

bis uns die Kugeln durchbohren,
das Feuer erlischt
Diese Gedanken machen uns unruhig
und wütend und wahnsinnig
und wir leisten erbittert dagegen Widerstand

Uns fehlt jegliche Klarheit
Gedanken wie im Wahn suchen uns Heim
und wir können die Kinder und unsere Frauen
nur in den Arm nehmen und drücken,
mehr können wir kaum tun

wir wissen nicht wirklich weiter
wir wissen nicht was die anderen tun werden
Die armen Schweine in den Uniformen
die vielleicht selbst nicht wissen was sie tun

es ist lange schon so
Isoliert und mit uns selbst
Im Kleinstaat der Familie
scheinen wir uns selbst die nächsten sein zu müssen
Die Nacht ist kalt und klar
wegen dem Raketenrauch sieht man die Sterne kaum
wir warten in der Dunkelheit auf das Licht der Sonne
von dem wir hoffen das es wärmen wird

Der Wind weht kaum und sie kamen
natürlich kommen sie
mit ihren Flugzeugen
und Raketen

Zuvor war es still in den Straßen und es gab wenigstens
ein Bisschen Sonnenschein aber nicht Zuviel in den Feuerpausen
Die Städte zerstört, wir blicken auf Betonskelette
keine Orte an die man zurückkehren könnte
alles werden wir neu bauen müssen

Wer wird es neu erbauen?

Im großen Palast der Macht sitzt
ein Mann der sich sehnt nach einer brutalen Vergangenheit
Es ist ein Fetisch, er reitet oberkörperfrei auf einem Pferd
und sein Lächeln ist authentisch
Er scheint mit sich im reinen zu sein
seine Motive sind so alt
wie der Tod selbst
Tausend Geister von Kriegsherren applaudieren ihm

Und er dreht einen rostigen Schlüssel
in der Box der Pandora
doch der Schlüssel klemmt
der Schlüssel klemmt
Wird der Schlüssel weiter klemmen?
wir bitten die Geister aller Toten
diesen Schlüssel zu verklemmen

Dieser Kerl setzt nur auf Muskeln
und zerschlägt jegliche Kritik
Er droht ganz gerne auch mit größten Bomben
er wirkt wie ein mächtiges Kind.
In der Uniform eines Feldherrn.

Der Schlüssel den er drehen möchte klemmt.
Hoffentlich klemmt er weiter
Vielleicht bricht der Schlüssel ab und fällt auf eine Wiese voller Blumen.
Vielleicht können die Geister dann endlich loslassen von dieser Welt
dann können sie endlich gehen ins Nirgendwo

Blüten auf der Wiese
werden weitere Blüten auf den Wiesen werfen
Der Tag wird uns versuchen zu begrüßen
werden wir da sein um ihn zu hören, diesen Tag?
Werden wir uns befreien,
von den Menschen mit den Bombenkoffern?

Die Geister schweigen hierzu
Die Geister warten
Warten sie, worauf warten sie denn?
worauf warten wir,
bis das Feuer des Faschismus uns verbrennt?

■

Jakob Keller

Künstler (Text, Malerei)

Vom Frieden hörte die weiße Taube, flog zum nächsten Olivenbaum, nahm sich einen Zweig und machte sich auf, die frohe Botschaft zu überbringen.

Zeitzeuge eines Verbrechens

In diesen Tagen begreife ich, Angst vor einem Einmarsch zu haben.
In diesen Tagen begreife ich, dass die Demokratie in einem Dilemma steckt.
In diesen Tagen begreife ich, dass der einstige Frieden in Europa verblüht zu sein scheint.

Scheint doch die Sonne auf die fliehenden Köpfe der Kinder.

Die neuen vaterlosen Familien fliehen in Häuser der Nachbarsländer.
Während die Väter und Brüder gezwungen sind ein Land zu halten, welches von einer Übermacht überfallen wird.
Die Auflehnung, ja die Ungerechtigkeit, verleiht Stärke in der Verteidigung des Landes mit ihrem Leben.

Wie viele greifen zur Waffe, obwohl sie bisher Pazifisten waren.
Wie viele drücken ab, weil vorher Frieden gegolten hat.
Wie viele schauen dem Kriegsgeschehen zu, obwohl es so wahnsinnig dilettantisch scheint.

In diese Tagen halte ich Ausschau, nach Mitgefühl,
Menschlichkeit und Liebe und hoffe, die weiße Taube ist schon losgeflogen.

■

Jan-Niclas Rose

Student, Autor

... und auf einmal verliert alles seinen Wert

In unserer Gesellschaft plant der Durchschnittsbürger sein Leben peinlich genau. Abi mit 19, dann zur Uni und schon ist's Zeit für's Kinder kriegen. Falls das Geld stimmt, vielleicht noch einen roten Flitzer vor die Haustür stellen oder die Abstellkammer in ein Heimkino verwandeln. Morgen bin ich hier, und morgen bin ich dort.

Erst Katastrophen wie der Krieg führen einem die Bedeutungslosigkeit derartiger Pläne vor Augen. Sicherheit im Leben gibt es nicht, das wurde uns schon zu Beginn der Corona-Krise vor Augen geführt. Wenn heute alles sonnig ist, kann schon morgen alles trüb sein. Silvester feierte ich vor der Sophienkathedrale in Kiew ins neue Jahr hinein. Feuerwerkskörper explodierten im Himmel, während Leute freudig mit ihren Liebsten Lieder sangen. Nun entfacht Panik, wenn im Himmel Knallen ertönt ... Mit Kiewer Torte im Gepäck fuhr ich die Rolltreppen der Metro hinunter und machte

Fotos von den hübschen Mosaiken an den Wänden des längst vergangenen Kommunismus. Nur wenige Wochen später dient der gleiche Ort als Schutzbunker vor Raketenangriffen und Menschentrauben übernachten auf dem kalten Fußboden in 100 Metern Tiefe.
Es muss nicht erörtert werden, welche Alternative der hier dargestellten Szenarien die jeweils bessere ist. Niemand will Krieg. Und doch findet er immer wieder statt. Nicht nur jetzt und in Europa. Der Syrienkrieg war ein humanitäres Fiasko und ist noch nicht überstanden. Auch im Jemen, in Mali, im Norden Äthiopiens und vielen weiteren Regionen dieser theoretisch schönen Welt leiden in dieser Sekunde Menschen wegen eines Konflikts, für den sie nichts können und auf dessen Verlauf sie keinen Einfluss haben.
Es ist fast schon zynisch, zu behaupten, dass man nichts dagegen tun kann. Spenden helfen, ja. Wer Raum hat, der hilft auch mit der Aufnahme von Geflüchteten. Manche ziehen aus Drittländern freiwillig in den Krieg und kämpfen für die eigene ukrainische Herkunft, für die Demokratie, für die Freiheit oder sonstige Ideale. Und doch wird das Übel nicht beseitigt. Kriege wird es immer geben, das hat uns die Menschheitsgeschichte inzwischen gelehrt. Dass Kriege sinnlos sind ebenso. Und dennoch halten Machthaber das industrielle Generieren von Leid immer wieder für eine gute Idee. Tun kann man dagegen nichts. Egal, wie der Ukraine-Konflikt ausgehen wird ... Der nächste Krieg wird früher oder später kommen. Auch in Europa. So wie eine Krankheit das Leben des Einzelnen von heute auf morgen vollständig verändern kann. Im Grunde sind Kriege nichts Anderes ... Krankheiten. Krankheiten des Kollektivs.
Gerne würde ich an dieser Stelle ein ermutigendes Fazit ziehen. Aber mir fällt keines ein. Nur dass Frieden ein Privileg ist und wir froh sein können, seit 1945 ganz gut davongekommen zu sein. Hoffentlich hält dieses Privileg noch lange an! Unsere Brüder und Schwestern in der Ukraine zeigen, dass sich dieses Blatt ganz schnell ändern kann ...

■

Jørn Dreßler

Autor

Alles bleibt anders

Viele Erinnerungen an meine Kindheit, fühlen sich an, als wären sie aus einem Buch von Astrid Lindgren geklaut. Ein warmes, abenteuerreiches und familiäres Leben auf dem Lande. Jeder war irgendwie immer draußen. Es wurde viel gelacht, gefeiert und gearbeitet. In der Küche lief immer das Radio und ich kann mich nicht daran erinnern, jemals Langeweile verspürt zu haben. Obwohl zu meiner Grundschulzeit fast jeder Nachmittag gleich war.

Schule, Mittagessen, schnell die Hausaufgaben und dann nichts wie rüber zum Nachbarhaus. Lässig stehe ich mit meinem BMX im Vorgarten von Oma Gisela: »Hallo, darf Hendrik zum Spielen rauskommen?« Ich höre sie immer noch mit ihrer recht hohen und lauten Stimme rufen: »Heeeeeeendriiiik, Jörn ist daaaaaaa!«
Auf zum Sportplatz, dort wo die anderen schon an unserer Baumhaus-Baustelle warten. »Wo bleibt ihr denn?«
Baumhaus bauen, das war sehr lange unser großes Ding. Hier waren wir die Chefs. Hier konnte uns niemand etwas sagen. Bretter, Nägel, Seile, Schrauben und Balken – wo hatten wir das Zeugs überhaupt her? Keine Ahnung.
Aber irgendwann war unsere Bretterbude fertig.
Wir waren so unglaublich stolz auf unsere Arbeit. Wir hatten ein geheimes Getränkeversteck, eine Snackbox und einige Poster von nackten Frauen.
Natürlich gab es dort immer wieder Verletzungen, aber unsere Eltern ließen uns unseren geheimen Ort. Nicht ein einziges Mal kam einer der Erwachsenen vorbei, um uns zu kontrollieren. Wir waren die hippesten aller Boyz in Town.
Naja, ungefähr vier Wochen nach der Fertigstellung war es dann vorbei mit Astrid Lindgren. Wir kamen, wie jeden Nachmittag, wieder zum Baumhaus.
In der Nacht zuvor hatten die älteren Jugendlichen aus dem Ort unser Baumhaus angezündet. Alles war verkohlt, zusammengebrochen und zerstört.
Alles kaputt – außer unsere Freundschaft.
Natürlich war das damals eine große und prägende Enttäuschung für uns, aber ich wollte diese Kindheit meinen Kindern auch ermöglichen.
Deshalb, raus aus der Stadt, und zurück ins Haus mit Garten auf dem Land.
Aber irgendwas ist anders. Irgendwie ist alles anders. Dieses einfache, sorgenfreie Leben aus meiner Erinnerung gibt es nicht mehr.
Vielleicht gab es dieses Leben aber auch nie.
Vielleicht haben uns unsere Eltern nur etwas von der grausamen Realität ferngehalten. Mit Sicherheit hatten meine Eltern auch Angst und sie haben uns 1986 nur nicht die Wahrheit über Tschernobyl erzählt, weil sie uns keine Angst machen wollten.
Sie wollten unsere sorgenfreie Kindheit bewahren. Dafür bin ich sehr dankbar.

Jetzt wohne ich auf dem Land und unsere Kinder sind am Waldrand und bauen sich ein kleines Versteck. Ich sitze währenddessen in unserer Küche und Alexa erzählt mir, das Russland ein ukrainisches Atomkraftwerk angegriffen hat. ■

Juli Norden

Autorin, techn. Vertriebsleitung
Dozentin, freie Rednerin

Krieg

Krieg, da bist du.

So nah wie niemals zuvor in meinem Leben. Ich kenne dich nicht persönlich, träumte nie von dir. Las Berichte oder sah Bilder, das schon, aber sie kamen von weit her, berührten mich nur am Rande, veränderten mich nicht. Bin zu jung und fühlte mich sicher, hier in meinem Land, nie bedroht, um mich ernsthaft mit dir auseinander zu setzen. Und nun dringst du ein, in meinen Gedankenraum, in den Lebensraum europäischer Mitbürger, die du – wie auch mich – über Nacht mit deinem dunklen Mantel einhüllst.

Du kannst nichts dafür.

Bist ein Zustand, der sich nicht selbst initiieren kann. Dafür brauchst du einen Despoten, der dich in seinem Wahn, seiner Machtgier, Skrupellosigkeit und Selbstüberschätzung lostritt. Putin: ich habe seine Politik verfolgt, seinen Werdegang. Mich ängstigt seine Intelligenz, seine Vision, der er unbeirrt folgt und die wir alle nicht ernst genug genommen haben; sein harter Blick, dessen Lächeln seine Augen nie erreicht: unheimlicher kleiner, gefährlicher Mann! Dem ist das Leid der Ukrainer, selbst sein russisches Volk so was von egal. Genauso egal wie wir in der restlichen Welt.

Du kannst nichts dafür.

Wirst ausgerufen, einfach so. Per Angriffsbefehl, der folgsame Soldaten marschieren lässt. Über Grenzen, die ich unverletzbar wähnte. Weil Menschenrechte gelten und zwar für alle. So dachte ich. So schlief ich ruhig. So lebte ich in Frieden mein Leben in meiner Blase. Und nun rollen Panzer, donnern Kanonen, dröhnen Kampfflugzeuge, bersten Häuserfronten, sterben Menschen: Söhne von Müttern, Männer von Frauen, Väter von Kindern, und nicht nur die. Du nimmst friedlich lebenden Menschen ihr Zuhause, zerstörst Städte und Landschaften, schickst Hunderttausende auf gefährliche Fluchtwege, machst emotionslos so lange weiter, wie die Befehlshaber der Fronten dich nicht beenden.

Du kannst nichts dafür.

Bist plötzlich allgegenwärtig, über Nacht so nah, vermag dir nichts entgegenzusetzen als meinen gesunden Menschenverstand.
Auch wenn du nichts dafür kannst, menschengemachter Zustand bist, die Ausgeburt eines einzigen wahnsinnigen Geistes.

Krieg, ich verabscheue dich.

■

Juma Kliebenstein

Kinderbuchautorin

»Wenn es nur nie wieder Krieg gibt!« ist einer der Sätze meiner Omi, an die ich heute noch zurückdenke. Sie wurde im Ersten Weltkrieg geboren, im Zweiten hat sie von Verletzungen über Verstecken im Bunker bis zur jahrelangen Ungewissheit, ob ihr Mann von der Front, an die er nie wollte, zurückkehren würde, und vor einem Dritten hat sie sich mehr gefürchtet als vor allem, was es auf der Welt zu fürchten gibt. Sie hat bei uns im Haus gelebt und mich mit großgezogen, und ich liebte es, ihre Geschichten zu hören, denn sie war eine gute Erzählerin. Und wie alle Kinder gab es Geschichten, die ich immer und immer wieder hören wollte, obwohl, oder vielleicht gerade, weil ich sie schon so oft von ihr gehört hatte, dass ich sie auswendig konnte. Die eindringlichsten, grausamsten und unheimlichsten waren die, die sie vom Krieg erzählte. Es ist eine eigenartige Vorliebe vieler Kinder, gerade die Erzählungen hören zu wollen, die einem die Furcht mit tiefen Zinken ins Knochenmark treiben. So lag ich als Kind samstags im großen Ehebett meiner Großmutter, das Licht war gelöscht, und wartete. Dass ich auf der Bettseite lag, die meinem verstorbenen Opa gehört hatte, dessen Briefe von der Front über all die Jahre meine Omi nicht erreichten, weil der Briefträger ihren neuen Nachnamen nicht kannte, weswegen sie ihren vermeintlich gefallenen Ehemann betrauerte, der nun aber doch zurückkehrte, dennoch allerdings drei Jahre nach Kriegsende verstarb, schien mir der passende Platz, und die Wärme im Zimmer und die Sicherheit des schützenden Hauses und die Gewissheit, dass meine ganze kleine Kinderwelt auch am nächsten Morgen noch sein würde, wie sie immer gewesen war, bot zusammen mit der Hand meiner Großmutter, die auf meiner ruhte, während sie zu sprechen begann, die Beruhigung, die ich brauchte, um alle Einzelheiten der Geschichte, die nun folgen würde, aufzusaugen und in meinem Gedächtnis zu speichern, bevor der erste Sonnenstrahl am nächsten Morgen sie vertreiben durfte und meine Kinderwelt erhellen würde, in der diese Geschichten nurmehr das schienen, was jede andere unheimliche Erzählung auch war: Eine längst vergangene Begebenheit, die für Schauer in der Nacht sorgte, bei Tageslicht jedoch verflog wie der Duft eines Parfüms, das man zu lange getragen hatte. Die Erzählung meiner Großmutter, die inmitten des Zweiten Weltkrieges in Köln geschah, begann mit einem Fliegerangriff, den eine plötzlich aufheulende Sirene ankündigte. Die Menschen ließen fallen, was sie in Händen hielten, griffen nach ihren Kindern und Müttern und rannten über die Straße, schräg gegenüber gab es einen Bunker, in dem sich alle zusammendrängen und schweigend warten konnten, bis alles wieder ruhig war. Meine Großmutter kannte den Bunker, so oft hatten sie dort gesessen und gewartet auf ein mögliches Danach. An jenem Tag schaffte sie es nicht über die Straße, der erste Einschlag trieb sie zurück in das Haus ihrer Schwiegereltern. Und dann, als die Nacht, die sie zitternd, sich nach dem Bunker sehnend, verbracht hatte und nicht wusste, ob der nächste Einschlag ihr Haus zerstören würde, zu Ende war, erfuhr sie es auf der Straße. Wie man den Bunker, der nun nicht mehr unter einem Haus, sondern einem Trümmerhaufen lag, geöffnet hatte und jene Frau Nachbarin, neben der sie all die vergangenen Fliegeralarme verbracht hatte, auf der Bank sitzend fand, die Hände am Strickzeug, den Kopf darüber gesackt, die Augen starr. Bis heute sehe ich diese Frau im Bunker sitzen, tot über ihr Strickzeug gebeugt. »Wenn es nur nie wieder Krieg gibt«, sagte meine Omi jedes Mal, wenn sie mir eine ihrer Kriegserlebnisse erzählt hatte, es gab derer viele, wie die des Nachbarn im Rollstuhl mit den abben Beinen, die wie so vieles »im Krieg geblieben« waren, und sie hörte nie auf, sich davor zu fürchten, denn sie wusste: Die Menschen lernen nicht. Sie hat recht behalten. Wieder einmal sitzen in diesen Tagen Menschen in Bunkern, versuchen durch Kugelhagel zu fliehen, lassen alles zurück, was ihnen lieb war, um ihre nackte Haut zu retten. Heute, als erwachsene Zeugin dieses Grauens, ist mir die naive Faszination, eine unheimliche Geschichte aus dem Krieg zu hören, abhandengekommen. Es sind nicht nur Geschichten. Es sind überlebte Grausamkeiten, die nun wieder einmal furchtbare Realität sind. Wir müssen sie dennoch erzählen, weil jene, die diese Geschichten im Gedächtnis behalten, keinen Krieg vom Zaun brechen werden wollen. Ich weiß nicht, weshalb es immer noch Menschen gibt, die Kriege beginnen. Aber ich glaube, sie haben nicht genug Geschichten gehabt, als sie klein waren, um daraus zu lernen.

■

Katja Bohlander-Sahner

Dipl.Psychologin, Interkulturelle Trainerin, Freie Schriftstellerin

Ist es nicht bald genug? – Gedanken zu Krieg und Frieden

Zum Krieg gibt es ja nichts mehr zu sagen. Das haben wir alle schon mal gesehen. Im Fernsehen, natürlich, auf der Mattscheibe. Alle Jahre wieder. In Europa schon lange nicht mehr, ja. Aber war da nicht mal was in Jugoslawien? Schon ne Zeit her, in den Neunzigern?
In der Schule haben die Lehrer davon erzählt. Manche sogar noch aus erster Hand, im Krieg waren sie Kinder. »Im Krieg«, genau, in »dem« Krieg. Der Krieg, aus dem wir eigentlich alle etwas gelernt haben müssten. Auch Putin. Hat der keinen Vater, keine Mutter, keine Großeltern, die ihm davon erzählten? Ist es denn nicht irgendwann genug?
Nun ist es nahe. Es ist nicht Afghanistan, nicht Eritrea, nicht der Jemen, nicht der Kongo, nicht Syrien. Es sind »Menschen wie wir«. Ukrainer. Kiew – Hirzweiler: 2000km. Aber was sind: »Menschen wie wir«?
Ich weiß es immer noch nicht. Kann mir nicht erklären, woher das dumpfe Gefühl kommt, das ich jetzt habe. Meine Betroffenheit, mein Mitleiden, meine Schockstarre, mein unabdingbarer Wille, helfen zu wollen. Fünfzehn Jahre habe ich im Bereich Migration und in der Flüchtlingshilfe gearbeitet. Wirklich jede Welle mitgemacht. Menschen zugehört, die von selbst erlebter Folter und der Ermordung ihrer Angehörigen erzählten. Menschen, die wirklich nichts als die Kleidung auf ihrem Leib hatten – nichts! Den Schrecken in den Augen von Frauen gesehen, wenn sie an die Vergewaltigungen ihrer Töchter dachten. Was habe ich älteren Männern zugehört, die von fallenden Bomben und zerfetzten Körpern in ihrer Heimat erzählten, in gebrochenem Deutsch, mehr mit Händen und Füßen als mit Worten.
Meinen eigenen Großvätern konnte ich nie zuhören. Die starben schon, bevor ich auf die Welt kam. Sie starben kriegsversehrt. Sie hätten ohne diesen verdammten zweiten Weltkrieg länger gelebt, alle beide. Also: Ist es nicht bald genug?

■

Tom Störmer

Typografischer Gestalter,
Verleger

Armut schafft Demut,
Demut schafft Fleiß,
Fleiß schafft Reichtum,
Reichtum schafft Übermut,
Übermut schafft Krieg,
Krieg schafft Armut.
Armut schafft Demut,
Demut schafft Fleiß,
Fleiß schafft Reichtum,
Reichtum schafft Übermut,
Übermut schafft Krieg,
Krieg schafft Armut.
Armut schafft Demut,
Demut schafft Fleiß,
Fleiß schafft Reichtum,
Reichtum schafft Übermut,
Übermut schafft Krieg,
Krieg schafft Armut.
Armut schafft Demut,
Demut schafft Fleiß,
Fleiß schafft Reichtum,
Reichtum schafft Übermut,
Übermut schafft Krieg,
Krieg schafft Armut.
Armut schafft Demut,
Demut schafft Fleiß,
Fleiß schafft Reichtum,
Reichtum schafft Übermut,
Übermut schafft Krieg,
Krieg schafft Armut.

Wann hören wir damit auf?

(Frei nach Johann Geiler von Kaysersberg)

Die großen Kriege seit 1939 (Im 20. Jahrhundert kamen durch Kriege und Kriegsfolgen etwa 180 Millionen Menschen ums Leben. Im Ersten Weltkrieg gab es etwa 5 % zivile Opfer, zum Ende des Jahrhunderts waren es 90–95 %).

1939–1945	Zweiter Weltkrieg	†† mehr als 56.000.000
1937–1945	Zweiter Japanisch-Chinesischer Krieg	†† ca. 20.000.000
1950–1953	Koreakrieg	†† ca. 2.500.000–3.000.000
1955–1975	Vietnamkrieg	†† ca. 2.300.000–3.800.000
1961–1991	Eritreas Unabhängigkeitskrieg	†† ca. 570.000
1967–1970	Biafra-Krieg	†† ca. 1.000.000
1971	Bangladesh-Krieg	†† ca. 2.000.000
1975–2002	Bürgerkrieg Angola	†† ca. 500.000
1976–1993	Bürgerkrieg Mosambik	†† ca. 900.000
1979–1986	Bürgerkrieg Uganda	†† ca. 500.000
1979–1989	Afghanistan-Krieg	†† ca. 2.000.000
1980–1988	Erster Golfkrieg	†† ca. 2.000.000
1983–2005	2. Bürgerkrieg Sudan	†† ca. 1.000.000
seit 1988	Bürgerkrieg Somalia	†† ca. 550.000
1990–1994	Bürgerkrieg Ruanda	†† ca. 1.000.000
1991–1997	Bürgerkrieg Kongo	†† ca. 800.000
1991–1999	Jugoslawienkrieg	†† ca. 240.000
1998–2003	2. Bürgerkrieg Kongo	†† ca. 5.000.000
2003–2011	Irakkrieg	†† ca. 900.000
seit 2011	Bürgerkrieg Syrien	†† ca. 600.000

■

Katrin Lachmann

Altenpflegerin

Ares, König und Krieg

Ares hat für sich entschieden.
Es gibt für uns Menschen keinen Frieden.
Nicht im Geist und nicht hier auf Erden.
Das Leben wird mit Füßen getreten werden.

Ares besteigt sein prächtiges Ross
und verlässt gen Erde sein Himmelsschloss,
um den Menschenkönig zu führen,
um zu decken seine Lügen.

Ares schwingt sein scharfes Schwert.
Er weiß, was der König begehrt.
Er will dem Rausch des Blutes erliegen,
sich suhlen, aalen und siegen.

Ares ist zu allem bereit.
Ihm dürstet nach Schmerz und Leid.
Die Menschen hoffen und beten.
Sie suchen vergeblich nach ihren Propheten.

Ares ist nicht zu schlagen
und niemand wird es wagen,
sich gegen ihn zu erheben.
Doch, was werden wir erleben?

Aus dem Kriegsgetümmel ertönt ein Glockenklang.
Laut und deutlich höre ich den Friedensgesang.
Frieden im Geist und Frieden auf Erden.
Nun muss kein Menschensohn mehr sterben.

Der Kriegsgott flieht in dunkle Wälder,
reitet vorbei an goldne Felder
und steigt zu seinem Olymp empor.
Der König ihn aus den Augen verlor.

In den Gräben liegen würdelos die Leichen.
Ein Gestank wird gewiss bald von ihnen entweichen.
Wer wird sie betten zur letzten Ruh,
wenn niemand mehr da ist, außer du?

Verflucht sei Ares auf seinem Olymp.
Ich mag ihn schlagen, bis er sich krümmt.
Doch wehe, wenn er zu Kräften kommt,
sich wieder in seiner Herrlichkeit sonnt.

Ihr Menschen steht zusammen.
Lasst eurer Herzen entflammen
für Frieden und Barmherzigkeit,
beendet jetzt und hier des Königs Zeit.

Lilia Kiss

Schülerin

»Es gibt keinen Weg zum Frieden«

»Ich weiß, was du machen kannst. Glaub mir, das Bild sieht dann echt verdammt cool aus. Streck mal die Zunge raus und mach das Peace-Dings mit der Hand« - »Warum das denn?« - »Keine Ahnung, aber das machen doch alle so.« Diesen Dialog habe ich vor einigen Wochen auf dem Schulhof mitangehört. Wenn nicht Frieden ein Trend Wert ist, was dann? Jedoch ist es beim Frieden, oder auch »Peace-Dings«, wie bei allen Trends: es wird von den Meisten nachgeahmt, ohne, dass man sich Gedanken darüber gemacht hat, was dieser Frieden denn ganz konkret ist. Ist Frieden die Abwesenheit von Spannungen? Oder das Fehlen von Krieg? Gibt es einen Weg zum Frieden? Kann man inneren Frieden finden? Leben wir in einer friedvollen Welt?

Wenn ich im Alltag das Wort »Frieden« höre, denke ich an ein Land oder mehrere Länder, die Hand in Hand zusammenarbeiten. Ich denke an Diplomatie und erinnere mich an Zeiten, in denen der Frieden wie verschwunden schien oder denke an Orte, an denen auch heute noch jede Spur des Friedens zu fehlen scheint. Ich denke auch an Menschen, die selbst dann, wenn der Frieden wie verschwunden scheint, weiter für ihn einstanden, ihn verteidigten und darauf beharrten, Konflikte ohne Krieg und Tod zu lösen.
Einer dieser Menschen ist Mahatma Gandhi. Übersetzt bedeutet Mahatma »große Seele«. Diesen Ehrentitel erhielt Gandhi aufgrund seiner Taten. In Südafrika musste er erstmals miterleben, wie die dort lebenden Inder aufgrund ihrer dunklen Haut als Menschen zweiter Klasse behandelt wurden. Diese Erfahrung erweckte einen Freiheitskämpfer, wie ihn die Welt noch nie gesehen hat. Er begann, sich aktiv gegen Diskriminierung einzusetzen und kämpfte nach seiner Rückkehr für die Unabhängigkeit Indiens von Großbritannien. Aufgrund seines Glaubens löste Gandhi Konflikte nicht mit Gewalt, sondern mit friedlichen Mitteln. So rief

er seine Landsleute beispielsweise dazu auf, den britischen Anordnungen nicht mehr zu gehorchen. 1930 rief er zum berühmten Salzmarsch auf, mit dem Ziel die eingeführte Salzsteuer aufzuheben. Mahatma Gandhi ist mit seiner Art des Kampfes sehr erfolgreich: die Salzsteuer wird abgeschafft und 1947 kommt es zur Unabhängigkeit Indiens. Historisch gesehen wurde kaum ein Konflikt auf so friedliche Weise gelöst. Frieden bedeutet also nicht zwingend die Abwesenheit von Spannungen, Konflikten oder Krieg. »Es gibt keinen Weg zum Frieden, denn Frieden ist der Weg«, dieses Zitat Gandhis hat einen tiefgreifende Bedeutung. Selbst wenn man Jahrhunderte nach dem Frieden suchen würde, finden könnte man ihn nicht. Entweder man entscheidet sich, im Frieden zu leben oder man lebt ohne Frieden. Dies gilt sowohl für den inneren Frieden als auch den äußeren. Wenn man sich für den Frieden entscheidet, muss man auch danach leben, das heißt man muss nicht immer darauf bestehen, Recht zu behalten oder überall seinen eigenen Willen durchsetzen wollen. Vielmehr sollte man abwägen, ob man so dringend Recht behalten muss, oder ob man nicht doch lieber nachgibt und den Frieden wahrt. Muss immer das gemacht werden, was man selbst will, oder kann man nicht einfach aufeinander zukommen und einen Kompromiss finden. Nur so kann man eine friedvolle Welt für sich und andere schaffen und Konflikte ohne Streit oder gar Krieg lösen.

Also ja man kann inneren Frieden finden, sofern man sich dafür entscheidet. In einer friedvollen Welt haben wir noch nie gelebt, aber wir könnten es, wenn wir uns dafür entscheiden. Selbst wenn wir alleine nichts tun können um einen Krieg zu verhindern oder zu stoppen, so können wir uns doch dafür entscheiden zu helfen. Nicht mit Waffen, Feuer kann man nicht mit Feuer bekämpfen, aber wir können einander beistehen und füreinander einstehen. Wir können humanitäre Hilfe leisten.

■

Lilian Kolbe

Verwaltungsangestellte

Solange tausend Kains
gen Abel
in Zorn und Willkür
ihre Fäuste ballen –

Solange Streit und Hass,
der einst begann zu Babel
im Sprachenkampf
gen Mauern hallen –

Solange Poesie die Orte
nicht erreicht
die mehr als Worte,
Taten nämlich bräucht'–

Solang ein Ölzweig,
heldenhaft bejubelt,
aus den Schnäbeln
erschoss'ner Tauben trudelt –

Solange sind wir
trotz allem Fortschrittsjubel
der Fanfaren
einfach nur Barbaren

■

Lou Helfrich

Künstlerin, Autorin, Animateurin

Im Land der Eigenschaften, auf der Mauer vor dem großen Wesenszug, sitzt Frieden und schnieft leise vor sich hin. Zufällig kommt Mitgefühl vorbei.
»Hey Frieden, kann ich etwas für dich tun? Du scheinst traurig zu sein.«
Frieden schaut auf, seine Augen sind vor lauter Weinen ganz verquollen.
»Ach Mitgefühl, es ist schon wieder Krieg. So viele Menschen kämpfen, viele sterben. Alles wird verwüstet. Als gäbe es kein Licht mehr, nur noch Dunkelheit und Furcht.« Mitgefühl setzt sich neben den Freund und nimmt seine Hand in die seine. Ein Krieg trifft sie alle sehr, ganz besonders aber Frieden, der so gar nichts gemein mit dem Krieg hat und ihm dennoch aufs Schärfste begegnen muss. Wie hart das ist, kann Mitgefühl nur ahnen. So bleibt es einfach still bei seinem Freund sitzen, gibt ihm Halt, lässt ihn weinen. Nach einer Weile werden die Schluchzer weniger und verschwinden bald vollends. Frieden schaut Mitgefühl an und sagt: »Danke.« »Gern geschehen. Ich bin gerne für dich da. Du bist mir so wichtig, und nicht nur mir.« Frieden seufzt: »Manchmal glaube ich selbst nicht mehr an mich.« »Weißt du, es ist doch völlig in Ordnung, traurig zu sein und zu weinen. Es gibt Neuigkeiten, die sind so schrecklich, dass sie uns bis ins Mark erschüttern. Du bist so wichtig, Frieden. Es gibt Märsche für dich. Lieder. Zeichen. Feiertage. Kerzen werden dir zu Ehren angezündet, die Menschen rufen nach dir, setzen ihre Hoffnungen in dich. Sie kämpfen für dich, sie verteidigen dich, weil sie an dich glauben. Du gibst ihnen so viel.« Frieden wird ganz rot, solche Lobeshymnen kann er gar nicht gut annehmen. Weil er doch selbstverständlich ist, nun ja, sein sollte. »Aber warum kann dann ein Einziger so schnell für Unfrieden sorgen und sogar einen Krieg provozieren? Wenn doch alle Frieden wollen, warum der Eine nicht?« Mitgefühl überlegt einen Moment. »Nun ja. Vielleicht meint er, er bekommt etwas noch Besseres. Was für ein Narr muss er sein, wenn er denkt, er könnte etwas finden, das mehr wert ist als du. Er kann dich bekriegen, so lange er will, er wird niemals gewinnen.«
»Meinst du wirklich?« »Ja, davon bin ich überzeugt. Hör hin, Frieden, wie sie nach dir rufen. Wie sie sich für dich stark machen. Du bist in jedem von ihnen. Du schenkst ihnen Freiheit, ZuFRIEDENheit. Wir alle gehen Hand in Hand mit dir da durch: ich, die Liebe, die Toleranz, Achtung und Gerechtigkeit, der Respekt und so vieles mehr. Wir brauchen dich, damit wir vollständig sind. Wir brauchen dich, damit wir frei sein können. Wenn alle für dich einstehen, dann steh du auch selbst für dich ein.« Es dauert einen Moment, bis Frieden sich gesammelt hat. Mitgefühl spürt die Stärke, die jetzt von ihm ausgeht.
Ja, das ist der Frieden, wie es ihn kennt. Und tief drinnen weiß es, dass alles sich zum Guten wenden wird.

■

Louis Manke

Gitarrist, Gründer und Sänger
von »Staubkind«, Berlin

Ich hatte einen Traum

Da ist etwas, was sich in den letzten Tagen langsam, aber stetig wieder in mein Leben geschlichen hat. Kriegsangst.

Ich kenne diese Angst. Sie war lange ein Teil meiner Kindheit, in der Mitte der 80er Jahre. Ich hatte Angst vor einem Atomkrieg. Mit meiner damaligen kindlichen Naivität habe ich versucht, damit zu leben, indem ich mir ausmalte, wie es wohl sein würde... wie Kinder das eben so tun. Überlebt habe ich in diesen Gedankenspielen immer, aber auch so manche Nacht nicht geschlafen.

Ich hatte immer den Traum vom Frieden, und genauso kindlich naiv stellte ich mir immer vor, wie das wohl wäre... ohne diese Angst... alle würden sich vertragen.

Erstaunlicherweise war das Thema Flucht nie ein Szenario in meinen Fantasien. Ich habe immer »zu Hause« überlebt, denn ich konnte mir einfach nicht vorstellen, wie es denn wäre, einfach so von jetzt auf gleich alles stehen zu lassen und weg zu gehen.

Dann passierte etwas Wunderbares: Die Welt veränderte sich. Sie wurde friedlicher. 1989 erfüllte sich mein Traum vom Frieden. Und so hatte ich schnell andere Träume. Dieses Mal waren es die richtigen, die Träume, die man als mittlerweile Jugendlicher so haben sollte. Und es passierte das, was ganz normal zu sein schien. Das Leben. Mein Leben, mit allen Höhen und Tiefen, wie wir alle sie kennen – aber immer mit der Macht, es beeinflussen zu können. Ich konnte selbst entscheiden, wie mein Leben verlaufen sollte.

Während ich diese Zeilen schreibe, wird mir bewusst, welches Privileg das ist.

Träume zu haben, ist ein großer Bestandteil meines Lebens, meines Alltags und meiner Musik. »Fang dir deine Träume« ist zu meinem Lebensmotto geworden und erfüllt mich noch immer.

Seit einigen Tagen ist nun wieder ein Traum dazu gekommen. Ein neuer, alter Traum. Einer, den ich mir nicht ausgesucht habe. Der Traum vom Frieden.

Mir war nicht bewusst, dass es unfreiwillige Träume gibt – Träume, die man sich nicht aussuchen kann. Und eben mit dieser Erkenntnis bemerke ich, wie gut es mir geht und wie gut bislang alles in meinem Leben verlief.

Wie viele Träume es wohl auf dieser Welt gibt, die es eigentlich nicht geben sollte?

Der Traum vom Frieden gehört dazu.

■

Mailin H.

Nie wieder Krieg in Europa, da waren wir uns alle sicher. Nach der katastrophalen ersten Hälfte des 20. Jahrhunderts waren wir müde, wir waren traurig, wir waren angewidert von uns selbst. Langsam fassten wir Mut, gingen wir zur Wahl, waren froh progressiv zu sein. Vielleicht etwas zu froh, vielleicht etwas zu stolz blickten wir aus unseren Universitäten und guten Elternhäusern in die ehemalige DDR, nach Sachsen, nach Ungarn, nach Afghanistan, ja, sogar in die USA. Wir hatten es verstanden, wir waren vernünftig geworden, *es hatte ja nur den Holocaust gebraucht*, haben unseren Kontinent im Griff *und ignorieren den Balkan und Tschetschenien und die Krim.*

Wir machen uns vor, der Krieg sei etwas Unbegreifliches, Unglaubliches; wir finden, Putin sei verrückt, ein Spinner, sicher ist er psychotisch oder hat Krebs oder beides. Wir spenden und weinen und beten, gehen auf Demonstrationen und fühlen uns eine kurze Zeit besser.

Wir alle dachten, die *europäische* Menschheit wisse es nun besser, weil wir es besser wussten.

Zu lange haben wir uns nun in Sicherheit gewogen und wurden nun brutal aus dem Schlaf gerissen. Es fühlt sich so an, als passe es nicht in unsere Zeit, *nicht in unsere weiße, bequeme, Tagesschau-Zeit,* und dass es trotzdem real ist, muss uns zum Kampf bewegen. Zum Kampf für die Ukraine und für Frieden, den wir zu lange als selbstverständlich angenommen haben. Zum Kampf für Demokratie und Menschenrechte, die wir zu oft vergessen haben. Zum Kampf für die westlichen Werte, die es nun unnachgiebig zu verteidigen gilt. Zum Kampf für das Ziel, diese Werte nie wieder als westlich beschreiben zu müssen, weil sie universal geworden sind. Wir wissen nun, es kann und darf keine Kompromisse geben. Wir wissen nun, wir können auch unbürokratisch. Wir wissen nun, unsere Rechte müssen für alle gelten, ob Ukrainer oder Syrer. Wir wissen, es ist Zeit zu handeln.

■

Malte Eikenberg

Dipl.-Wirtschaftsingenieur

Fünf Gesetze

»Guten Abend meine Damen und Herren, ich begrüße Sie zu den Nachrichten. Auf einem im schweizerischen Genf einberaumten Gipfel der Organisation der Vereinten Nationen dieses Wochenende haben Vertreter von 193 Staaten über eine geeinte Weltpolitik debattiert. Sie kamen dabei in partnerschaftlich ablaufenden Diskussionen einhellig zu folgender Überzeugung, dass die Hauptaufgaben gemäß Artikel 1 der Charta der Vereinten Nationen in eine alle Staaten der Welt verpflichtende Gesetzmäßigkeit umgewandelt werden muss. Hieraus resultieren folgende Gesetze der Weltgemeinschaft:

Gesetz 1: Weltfrieden und internationale Sicherheit einhalten!

Gesetz 2: Freundschaft zwischen den Nationen einhalten!

Gesetz 3: Internationale Zusammenarbeit einhalten!

Gesetz 4: Lösung globaler Probleme einhalten!

Gesetz 5: Menschenrechte einhalten!

Die vierte Hauptaufgabe der Vereinten Nationen wurde auf dem Gipfel aufgelöst und zu keinem Gesetz umgewandelt. Sie lautete, dass die Organisation der Vereinten Nationen der Mittelpunkt seien, an dem die Nationen die nun aufgehobenen Hauptaufgaben verhandeln. Die Vertreter des Gipfels sahen diese Aufgabe als hinfällig an, da die neu in Kraft tretenden fünf Gesetze keiner weiteren Verhandlung mehr bedürfen. Sie sind kinderleicht umzusetzen, weil sie auf Vernunft basieren und das Gemeinwohl zur Vollendung führen. Deshalb wird keine Nation jemals diese Gesetze brechen, sondern ohne schuldhaftes Zögern sofort und für alle Zeiten umsetzen. Der Gipfel wird von Experten und Vertretern von gemeinnützigen Verbänden und Non-Profit-Organisationen in einhelliger Form als richtungsweisend gelobt.«
»Wann hast du das geschrieben?«
Der Alte senkte den Zettel. Die Farbe seiner Haut zeigte, dass die

Krankheit ihn quälte. Viel Zeit hatte er nicht mehr. Doch er strahlte weiterhin das Selbstbewusstsein aus, das ihn durch das ganze Leben geführt und ihn jeden seiner Siege ermöglicht hatte. Es war seine unzerstörbare Superkraft, wie Feinde und Wegbegleiter über all die Jahre seiner Karriere hinweg immer wieder gewitzelt hatten. Nicht ohne Neid. Denn von dieser Superkraft hätte jeder gerne gekostet. »Ich schrieb den Text mit sechzehn«, sagte der Alte.
»Der Text ist gut. Irgendwie künstlerisch«, erwiderte der Gast. »Hast du ihn damals mal veröffentlicht? In der Schülerzeitung oder so?«
»Nein«, antwortete der Alte. Kein weiteres Wort hatte er hinzuzufügen.
»Warum hast du ihn dann geschrieben?«
»Ich schrieb ihn nur für mich«, erklärte der Alte.
»Warum?«, fragte der Gast. Es sollte ein zwangloser Abend unter alten Weggefährten werden. Also war er gekommen. Schließlich waren allzu viele Kameraden aus den fetten Jahren nicht mehr geblieben. Und dem Alten sagte man nicht ab. Aber warum las er ihm diesen Text vor? Hatten sie nicht bessere Themen: die Großtaten, die Saufereien, die Geschichten von Mädchen und hintergangenen Ehefrauen. Stattdessen ein Text zum Nachdenken.
»Ich schrieb den Text mit sechzehn, weil ich wußte, dass ich ihn für mein Leben brauchen werde«, sagte der Alte. »Nach jedem Etappenziel auf meinem langen Marsch kramte ich ihn immer wieder hervor und las ihn mir vor.«
»Aber warum?«
»Um mir Recht zu geben.«
»Meinst du damit, dass der Text dich in deinen positiven Idealen bestärkte?«

Verächtliches Lachen war das Einzige, was der Alte als Erstes erwidern konnte. Dann fragte er immer noch sehr amüsiert: »Kennst du mich nicht gut genug, dass du so eine bescheuerte Frage nicht nötig hast?«
»Natürlich weiß ich, dass du nichts anbrennen lassen hast. Die Geschäfte mit den Herren, die wir hier nicht beim Namen nennen. Die Listen, die nötig waren, damit so manche Sachen vorankommen konnten. Aber positive Ideale hat doch jeder von uns.«

▶

»Dein Schleimen hat dich immer zu einem Kerl der zweiten Reihe gemacht«, stichelte der Alte und fügte hinzu: »Und scheinbar hast du es nie aufgegeben.«
Dann brüllte er: »Ich war ein Intrigant, ein Schwein und ein Kriegstreiber. Wegen mir sind tausende Mütter ihrer Söhne beraubt worden. Und ich habe es alles absichtlich getan, denn dieser Text gibt mir Recht!«
»Aber warum gibt dieser Text dir Recht? Ich verstehe gar nichts mehr.«
»Mit meinen Machenschaften habe ich mir viele Feinde gemacht und riesiges Leid entfacht. Aber ich fand für sie immer Kameraden und Handlanger, die mich unterstützten und bestärkten. Und mit ihrer Hilfe wurde ich reich und ließ es krachen. Man kann sagen: Ich tat das Machbare. Aber wenn ich diesen Text hier hätte umsetzen müssen, dann hätte ich die ganze Welt hinter mir vereinen müssen. Und das wäre das Unmögliche gewesen.«
»Also dieser Text bestärkte dich in deinem Pragmatismus?«
Der Alte schmunzelte. Etwas gespielt rührselig, etwas gespielt wohlwollend. Seine Antwort: »Wenn du es so formulieren magst, dann: Ja, ich handelte pragmatisch. Idealisten arbeiten sich am Unmöglichen ab, aber Täter haben Spaß am Leben. Und damit war ich immer etwas schlauer als die Idioten um mich herum.«
Die Worte des Alten waren zu viel für den Gast. Er wusste zwar ohne Zweifel, dass der Alte ein Schlawiner war. Dass man besser nicht gegen ihn schoß. Aber diese unverblümte Ehrlichkeit war neu an ihm. Und er ertrug diese Ehrlichkeit nicht, denn die gemeinsamen Gräueltaten sollten im Nachhinein wie Heldentaten erzählt werden. Da passte diese Ehrlichkeit nicht. Doch es bestand noch die Möglichkeit, sich vom Alten abzuspalten: Der Gast zog unter seinen Jackett einen Revolver hervor und richtete ihn auf den Alten.

»Das sind ja neue Sitten«, sagte der Alte und grinste spitzbübisch.
»Wenn du der Intrigant, das Schwein und der Kriegstreiber warst, als den du dich hier ausgibst, dann ist es meine heilige Pflicht, dich zu richten.«
Wiederum verächtlich lachte der Alte und blaffte den Gast an: »Willst du jetzt auf einmal zu den Guten gehören? Ein Schwein wie mich kannst du gerne töten. Aber kannst du damit auch meine Worte widerlegen? Die fünf Gesetze waren nie umsetzbar. Ich hingegen tat immer das Machbare.«
Die Hand, mit der der Gast den Revolver hielt, zitterte. Dann ließ der Gast die Hand sinken. Der Revolver fiel zu Boden. »Du wirst immer der Stärkere von uns bleiben. Ich kann dich nicht töten«, stammelte der Gast. »Aber wir waren Männer unserer Zeit und taten, was zu tun war. Das wirst du mir nicht kaputt machen.«
Der Gast rannte zur Tür, riss sie auf und schnellte hinaus, so schnell es ihm seine alten Knochen erlaubten. Er eilte die Treppe hinab, in die Vorhalle und stürmte zur Haustür.
»Soll ich Ihnen den Mantel reichen?«, fragte das Hausmädchen den Gast.
»Nicht nötig. Ich muss einfach nur weg«, brüllte der Gast das entgeisterte Hausmädchen an, öffnete die Haustür und stürzte hinaus. Das Hausmädchen schaute dem fliehenden Gast hinterher und hörte ihn noch rufen: »Es war eine Notwendigkeit, dass wir die fünf Gesetze brachen.« Es klang mehr trotzig, als überzeugt.

■

Mark Heydrich

Autor, Poetry Slammer

Eine volle Sekunde am Asowschen Meer
Man wird uns besingen, träumte ich
Gesang, träumte ich
Von Rauch träumte ich
Dass wir hart wurden
Hart wie Glas und noch härter
und dass der Bürgermeister blutete
Die Fäuste bereits im Himmel
Und das man besänge, träumte ich, dass er noch dachte
er sitze auf einem großen bösen Schoß und lachte
und dass sich die Stadt hinter ihm auflöste
Ich träumte, dass einer träumte
er liebe doch dieses Mädchen aus Mexiko
Und dass eine Frau sich selbst fütterte
Mit einem Löffel Benzin
Dass alle besängen, wie wir zum Kuckuck gingen
Oder noch nicht
Dass jemand, dass da einer murmelte
Dass da einer noch rief, was rief
Dass seine letzten Worte waren
Ich träumte, dass ihm das Leben lieb
Wie es splitterte, träumte ich
Und wir träumten doch nur vom Asowschen Meer
Träumte ich
und alle sangen
Wir waren wer und damit
waren wir nicht
Und ich träumte, dass da einer stand, aufstand, ungeneigt
Da stand jemand
Wieso steht der noch, träumte ich
Der Herr
Ein Mann
Mehr links, ruft er, träumte ich
Ihr Hunde
Er schaut in die Sonne
Am Himmel Metall
Rasend
Mehr links, träumte ich, ruft er und schaut in die Sonne
Er sieht direkt in die Sonne
und blinzelt nicht

■

Martina Berscheid

Autorin

Neuanfang

Rollende Panzer. Häuser, die in Schutt und Asche liegen. Weinende Menschen, auf der Flucht ins Ungewisse.
Übelkeit steigt in Isa hoch, wenn sie die Bilder des Krieges sieht.
Die eigene Hilflosigkeit spürt. Ihr Wunsch, etwas zu tun, ist zur Dringlichkeit gewachsen: In einer Woge aus Gleichgesinnten schwimmen, die durch die Welt schwappt. Deswegen macht sie sich heute auf den Weg.
Ihre letzte Demo ist Jahrzehnte her. Auch damals ist sie – als Jugendliche – für den Frieden auf die Straße gegangen. Geschichte wiederholt sich.
Draußen fließt der Himmel tiefblau über die Stadt. Die Sonne lässt den Frühling erahnen, trotz der kalten Luft.
Sie setzt sich in Bewegung, da tritt ihr Nachbar aus der Tür. Ausgerechnet. Ständig beschwert er sich über ihren Hund. Über ihren Apfelbaum, den sie fällen soll, weil seine Äste über den Zaun wachsen. Dann kontert sie, dass sein Pseudogeländewagen Lärm und Gestank verbreitet.
Den letzten Streit führten sie mit scharf gewetzten Worten.
»Isabel.«
Das »Du« hat sie ihm beim Einzug angeboten, als sie noch auf eine friedliche Nachbarschaft gehofft hat.
Er deutet auf das Plakat, das sie in der Hand hält: eine Taube in einem Peace-Symbol, blau-gelb.
»Willst du zur Demo?« Er räuspert sich. »Sollen wir zusammen gehen? Den ganzen Mist vergessen?«
Sein Lächeln ist eine Einladung. Für einen Neuanfang.
Ihr Ärger auf ihn verblasst zur Nichtigkeit.
»Gerne«, sagt sie und lächelt zurück.

■

Mister Tad und Taste

Musiker, Künstler

Sonnenschein

Kein Wettbüro Keine Sisha-Bar
Keine Zigaretten Kein Inshallah
Nur Tiny House mit Media Center
JunkFood futtern kein Ficken auf Tinder Kein Solo-Trip auf Kuba
Reisepodcast Keine Follower Keine AirMax Kein Pirinha Letzter
Post____Fight Da Power!

Liegestuhl und HomeGrownWeed
Kühlschrank leer eher unbeliebt
InEar Maske HardcoreBeat
Discounterkasse ist Kriegsgebiet
Schizophren kauft Corned Beef
Wiedergeburt als Eremit
Fensterfernsehen macht depressiv
Letzter Tweet____Dynamit!

Outlook Tablet Brille Micro
LED Blitzlicht Presse-Pogo
MercedesBenz Security Soko
Maskerade auf Abstand Logo
KiGa leider NoGo
Nase Pudern Deadline Memo
Fahnen Selfie WHO
Letzter Homo___Sapiens is so!

JaJaJa
Die ganze Welt folgt dem hellsten Stern JaJaJa Meine Probleme die
hätte ich gern

Geh besser nicht vor die Tür
bleib daheim
Da draußen ist es finster
auch bei Sonnenschein

■

Petra Auernhammer

Ergotherapeutin i.R., Lyrikerin

Für die Kinder
in den Kriegen

Ihr kleinen Seelen
gebrochen und verraten!
Ein jedes Recht verweigert!
Gebrochen!
Alle Liebe!
Alles Hoffen!
Jedes Vertrauen!

Ein Strohhalm?
Wie verschmerzen?
Viel zu viele!
Auf dem Feld
von Hass
und Macht
und Gier
verhöhnt!

Ermordet!

Ich höre Eure Herzen
klagen
und
hör sie schreien!
Hört niemals auf!
Das Unrecht,
das Euch widerfahren
verdient auch Eure Klage!
Bis ans Ende
aller Tage!

Schreie
in unseren Köpfen!
Pfähle
tief in unsere Herzen!
Und tiefer noch
die
Blicke,
die nicht
schweigen!

Friedenstaube

Habt ihr die Taube
irgendwo gesehen?
Ja, die weiße, stille!
All diese Jahre
war
sie hier!
Die, mit dem Zweig
in ihrem Schnabel!
Sie fiel kaum auf!
Wir hatten uns gewöhnt!
War zart und immer
sehr sensibel!
So viele Jahre trug
sie den
gewichtigen Zweig!
Vielleicht flog sie nach Kiew!
Mit letzter Kraft!
Wie sehr ich
es mir wünsche!

Gib acht!

Gib acht,
mein Kind!
Auch wenn die Amsel
früh das Lied beendet,
das die Nachtigall begann,
vergiss den Kuckuck nicht!

Es mag
noch so viel Weichzeit,
Zärtlichkeit und Liebe sein,
in ehrbarem Traum!
Wo Gier nach Macht
den Takt bestimmt,
wird stets der Stahl geschmiedet,
in eben diesem Takt!
Da tanze lieber nicht!

Gib acht
und halte an den Träumen!
Die Liebe
ist
stählern,
nicht zu bekämpfen!

■

Diva Vollmund

Autor

revolver

Ich bin Revolver
Aszendent Heckenschütze
Ich bin Revolver, Mann
Die Angst des Torwarts
Vor dem Wassermann.

Experten erklären uns im Deutschlandfunk,
warum der Diesel jetzt so
teuer ist,
Wer den ersten Speer warf,
Und nach dem Krieg
hier her darf.
Während die Heimat der Kinder
das Feuer frisst.

Konflikte lösen mit Gewalt.
Männschliche Komplexe
Die Frau ist eine Hexe
Individueller Sozialismus
Abgebrannter Märchenwald
Interpretierter Kommunismus.

Lass Freiwillige zur Klippe laufen
Und dabei beim Rasen mähen
Mit blutigen Scheinen gibts nix zu kaufen
Lass uns Grips vom Ingenieur versaufen

Den Kindern nicht mehr stehlen
Was uns nie gehörte
Danke, dieser schönen Erde
werden wir nicht fehlen.

Gedichte überstehen jeden Krieg
Geschrieben in die kalte Glut
Um den nächsten zu verhindern.
Geschrieben, mit dem letzten Mut
Den Schmerz des Momentes im Jetzt
Zu lindern.

Die Frauen in der Männerwelt
Retten ihre Kinder
Alleine, wenn der Vater fällt
Geboren, um zu leben,
Fremdbestimmt verdammt zum Sterben
Suchen die Frauen wieder Liebe unter
Trümmern
Und sortieren
Ton, Steine, Scherben. ■

Windkind

Lyrikerin

Krieg

Von Dämonen dunkler Nacht
aufgeschreckt, in Angst erwacht.
Des Morgens Friedensstille reißt,
aus ihrer Bahn entzerrt, entgleist.

Laut grollt das Dämonenlachen,
Herzaufplatzen, Seelenkrachen.
Und die frühe Dunkelheit
trägt ihr schwarzes Trauerkleid.

Wo sind sie nur, die Herzensbrücken?
Wo sie einst standen, klaffen Lücken.
Blutrot die Hoffnung unterging,
wo einst ein blauer Himmel hing.

Lasst uns Brücken bauen

Sind wir nicht Kinder dieser Erde,
von der wir nur die Eine haben,
auf der in unzähligen Kriegen
unzählbar viele Menschen starben?

Sollten wir nicht Brücken bauen,
versöhnend uns die Hände reichen,
anstatt die alten Rechnungen
mit Blut und Waffen zu begleichen?

Lasst uns aus dem Gestern lernen
und alte Fehler ausradieren,
um nicht in kalter Gier nach Macht
Menschenleben zu riskieren.

Auf der Flucht

Ein kalter Frühling ist der Tod.
Er schleicht über gefrorene Felder wie ein hungriger Beutegreifer.
Leicht nimmt er Witterung auf, denn Angst hinterlässt Spuren im Wind. Seine Opfer sind leichte Beute. Müde und frierend wanken sie auf staubigen Straßen ins Ungewisse. Die Taschen voll Heimat und jeder Menge Tränen, ein paar Habseligkeiten dazwischen.
Der Junge stützt den Greis, das Mädchen hält seine Hand. Kühl und leer blieb ihr Bett in dieser Nacht und wird es lange bleiben.
An der Brust der Mutter trinkt sich der Säugling in den Schlaf. Keine Zeit, dafür stehen zu bleiben. Eiskalt schmeckt die Milch der Furcht.
Atemsplitter durchschneiden die Luft an diesem frühen Morgen.
Und während sich das hungrige Todestier mit klammen Fingern um das Herz der Greisin krallt, fällt eine gefrorene Träne in das Schwarz des beginnenden Tages.
Ein Flügelschlag nur ist dieses Leben. Geboren und dahingehaucht
vom Atem der Ewigkeit.

(Geschrieben im Frühjahr 1999 während Krieges im Kosovo, gepostet im Frühjahr 2022 während des Krieges in der Ukraine)

Rüdiger Heins

Freier Schriftsteller, Regisseur

Apokalypse Ukraine

Ausgehaucht diese
: Atemstille

Schattenwelten schmeicheln dem

Versuch einer
Hoffnungslosigkeit

Worte verlieren
ihre Kraft

wenn Bombengrollen
den Takt zu einer

Todesfuge spielt

Raketen fressen Menschen auf
Ein kranker Geist bestimmt die Regeln

in einem Spiel das keinen
Sinn ergibt

■

Yasmin Abbas

Autorin

Donnerstag, 24.2.2022

»Guck nicht in die Nachrichten«
»Wieso nicht?«
»Trink vorher vielleicht lieber einen Kaffee«
Entsperren, klick, klick, Krieg.
Fuck.
Scroll. Fuck. Scroll. Scroll. Fuck.
Stell dir vor, du wachst auf und es ist Krieg
Was jetzt zu tun ist
Hier könnt ihr spenden
GuMo, heute ist Altweiberfastnacht!
Russland marschiert ein
Was will Putin?
Cinnamon Rolls
Die Petition findet ihr in meiner Bio
Warum wir uns jetzt solidarisch zeigen müssen:
Wer ist heute auf dem Schillerplatz?
1547,90 km Luftlinie
Sperren.
»Ich mach Kaffee«

Kaffee, sip, entsperren, klick, klick, Krieg, scroll, scroll, Meinung, Meinung, Fakt, Fakt?, Meinung, Wut, Trauer, scroll, Resignation, Panik, scroll, Fakt?, Schock, Schock, scroll, Wut, Fragezeichen, Politik, Scholz, scroll, Russland, Deutschland, Europa, scroll, Meinung, Fakt, Fakt?, scroll, sip, sperren.
Sip. Sip. Umziehen. Laptop. Uni. Sip.
Entsperren, klick, klick, Krieg, Fakenews, scroll, Biden, USA, Krieg, sip, scroll, scroll, Meinung, Hass, spenden, scroll, Solidarität, links, rechts, scroll, Hilflosigkeit, was zu tun, scroll, was zu tun, scroll, was zu tun?, scroll, das zu tun!, scroll, scroll, sip, sperren.
Rausgehen, Tür, Treppe, Sonne, Straße, Menschen, Halte, Maske, Bus, sitzen.
Entsperren, klick, klick, Konflikt?, scroll, Meinung, Fassungslosigkeit, scroll, Überforderung, Schock, Deutschland, Frieden, makelovenotwar, Journalismus, scroll, teilen, leiden, scroll, handeln, scroll, scroll, Fakt!, Fakt?, Fakt!, Fakt? Fuck, fuck, fuck, sperren.
Fenster, Sonnenstrahlen, Leute, brummen, brummen, Autos, brummen.
Entsperren, sperren, entsperren, sperren, entsperren, sperren, entsperren, sperren, entsperren,
sperren
entsperren
sperren.
Sonnenstrahlen.
Frieden.
Krieg.
Frieden.
Krieg.
Frieden.

■

Simon Gerhol

Autor, Dipl.-Elektroingenieur

Unterhaltungssucht und das Gedicht

Wohin snappen wir diesmal, wenn wir der
Kriegsberichterstattung überdrüssig sind?
Wieder lieber Game of Thrones suchteln?
Wie die Wildlinge an der Mauer zurückgeschlagen werden?
Gesendet zum Höhepunkt der Migrationskrise 2014/15.
Oder das Finale 2019, wo die temporär geduldeten Verbündeten
auf einen Todesmarsch (?) in die Wildnis rückgeführt werden?

Sonnenrösser

Meine Söhne
reiten Sonnenrösser
in den Himmel,
ins Land des angebrochenen Tages.

Klavierkadenzen komponierte Streifen
perlen auf dem Blau,
bringen Tränenregen,
Feuerlöcher voller Klagen.

Blechkästen mit ihrem Gebein
kehren auch sie stets heim
ins Land des untergegangenen Fragens.

■

Sören Meng

Landrat im Landkreis
Neunkirchen/Saar

Briefe im Krieg *(nach einer wahren Geschichte)*

Heute ist der Tag gekommen, auf den sie in den letzten Monaten so lange gewartet hat. Denn heute ist ein guter Tag. Erstmals seit vielen Wochen kann sie wieder allein, auf ihren Rollator gestützt, ein paar Schritte laufen. Dafür hat sie die junge Therapeutin, die einmal pro Woche zu ihr nach Hause kommt, besonders gelobt. Nachdem der Pflegedienst ihr beim Ausziehen geholfen hat, ist es soweit. Sie hört noch das freundliche »Gute Nacht« und das Klicken des Haustürschlosses.
Nun ist Ruhe. Sie ist bereit. Sie hat alles vorbereitet. Von der Küche läuft sie mit ihrem Rollator zunächst langsam den schmalen Flur entlang ins Schlafzimmer und zieht ihren Morgenmantel an.
Dann kramt sie eine Kiste aus dem Kleiderschrank hervor, deren Inhalt sie über 70 Jahre begleitet hat. Noch einmal streichelt sie mit der Hand über die Kiste. Soll sie es wirklich tun? Das zerstören, was ihr in schweren Momenten immer neuen Mut gegeben hat? Das, was für sie der Inbegriff der Jugend ist? Es ist, als würde sie sich erneut von ihm trennen – von ihm, ihrer großen Liebe. Der Augenblick scheint still zu stehen. Mit der Kiste in der Hand sinkt sie auf ihr Bett.
Sie schließt ihre Augen. Erinnerungen und Bilder steigen in ihr auf.
Sie sieht sich blutjung und vergnügt das Elternhaus verlassen. An jenem Tag hatten sie sich das erste Mal gesehen. Er, zwei Jahre älter, sportlich mit großen Augen. Erst schauten sie sich verstohlen an, dann trafen sich ihre Blicke. Ein halbes Jahr später gab es ein Wiedersehen. Die Kirmes im Ort wurde groß gefeiert. Das Fest für die Jugend. Sie war dort mit ihrer älteren Schwester. Dann kam er auf sie zu. Sie tanzte mit ihm, man sah sich öfter.

Die beiden waren noch so jung, doch sie hatten gemeinsame Pläne. Sie wollten zusammenbleiben, eine Familie gründen. Die Zukunft lag vor ihnen.
Dann kam der zweite Weltkrieg.
Sie wusste, dass dieser Moment kommen würde. Er war, wie alle, in der Hitlerjugend. Seine Sportlichkeit, sein Ehrgeiz fielen auf. Mit Politik hatte er wenig am Hut, doch er wollte wie all' seine Freunde sein. Er wurde Soldat. Dann hieß es Abschied nehmen von seinen Eltern und vor allem von seiner Braut. Ihre Verlobung hatten sie noch gefeiert.
Sie fühlte sich einsam und traurig. Aber mit diesen Gefühlen war sie nicht allein. Fast allen ihres Jahrgangs erging es ähnlich. Es gibt ein Wiedersehen, das hatten sich die beiden geschworen. »In Gedanken sind wir immer verbunden, es darf durch die Wirren eines Krieges nichts verloren gehen.«
Sie schrieben sich Briefe, er von der Front, sie von ihrem Alltag. Fast wöchentlich trafen Briefe ein. Sie waren voller Liebe und Sehnsucht und immer mehr drehten sich die Gedanken um den Frieden, der so fern und unerreichbar schien. Sie hatte große Angst um ihn, denn umso länger dieser Krieg dauerte, umso mehr hörte man. Da konnten selbst die Wochenschauberichte vom sicheren Endsieg nicht mehr über die drohende Niederlage hinwegtäuschen. Manchmal kamen Soldaten für einen kurzen Heimaturlaub nach Hause. Doch das kam immer seltener vor. Auch er war einige Tage zu Hause bei seinen Eltern. Sie eilte zu ihm. Stunden saßen sie sich gegenüber; der Anblick des Anderen war unwirklich. Gerne hätte sie gesagt: »Der Krieg ist doch verloren, komm, wir verstecken Dich. Nach dem Krieg beginnt unser gemeinsames Leben.«
Doch für diese Sätze fehlte ihr der Mut. Wie hätte er reagiert, er, dem man noch das Panzer-Kampfabzeichen verliehen hatte? Die gemeinsame Zeit war schnell vorbei. Er zog weiter.
Je länger der Krieg wütete, desto öfter hörte man von an der Front gefallenen Soldaten. Sie wollte sich nichts anmerken lassen, ihre Briefe an ihn waren voller Liebe und Hoffnung. Ihre Liebe würde dem Krieg trotzen. Sie schrieb ihm vom alltäglichen Leben auf dem Land, von der Zeit, in der die Ernte eingefahren wurde, von Familientreffen und von den kleinen Dingen, die dem Alltag Struktur gaben und die ihr den Trennungsschmerz verdrängen halfen.

▶

Er hatte in den ersten Briefen noch eigene Erlebnisse geschildert. Je länger die Hölle des Krieges jedoch dauerte, desto persönlicher wurden auch seine Zeilen. Er wollte nach Hause, wollte Frieden, wollte mit ihr zusammen sein. Manchmal kamen Briefe erst viel später an, manchmal gar nicht.
Nachdem er ihre Briefe gelesen hatte, schickte er diese immer an den Absender zurück. Sie sollte die Schriftstücke aufbewahren und später, sobald sie wieder beisammen sein würden, wollten sie diese Briefe gemeinsam lesen – diese Briefe, die Geschichte ihrer großen Liebe.

Dann jener Brief, der pünktlich zu ihrem Geburtstag ankommen sollte: »Ich bitte unser Schicksal, dass wir beide diesen Tag mit großer Freude und in gegenseitiger tiefer Zuneigung feiern dürfen. Bald ist der Krieg zu Ende, wir beide glauben fest daran, dass uns unser guter Stern nicht verlässt.«
Diese Worte aus seinem letzten Brief werden sie bis zu ihrem letzten Atemzug begleiten. Acht Tage vor ihrem 20. Geburtstag starb er. »Getreu seinem Fahneneid für Führer und Vaterland ist er gefallen. Er hat in der entscheidensten Phase dieses Krieges seine Pflicht vorbildlich erfüllt«- so steht es im Beileidsschreiben an seine Eltern.
Sie öffnet die Augen. Dann schleppt sie sich in den Keller, die Kiste hat sie dabei. Keiner soll die Briefe mehr lesen, wenn sie nicht mehr auf dieser Welt ist. Wann dies sein wird, weiß sie nicht, doch sie spürt, dass ihre Kraft und ihr Lebensmut sie verlassen. Nach dem Krieg lernte sie einen neuen Mann kennen. Sie heirateten, er war gut zu ihr, über 60 Jahre waren sie verbunden, bevor er starb.
Doch die erste, innige Liebe, kann und will sie nicht vergessen.
Sie schaut in die Flammen, die das Feuer aus den gemeinsamen Briefen in den Himmel züngeln lässt.

In der Ferne sieht sie eine Sternschnuppe, das Feuer ist abgebrannt, sie wird jetzt schlafen.

■

Felix Sahner

Schüler

Frieden

Viele Menschen leben nicht in
Frieden. Sie haben Angst.
Oftmals werden auch ihre Häuser
zerstört und manche verlieren ihre
Verwandten und Freunde.
Dann flüchten sie aus Angst und
Furcht. Einige kommen dabei auch
nach Deutschland.
Viele kommen in Flüchtlingslager.
Dort ist es oft nicht angenehm.
Wenn man den Frieden gewohnt ist,
weiß man nicht, wie schlimm Krieg
sein kann.
In Deutschland geht es uns sehr gut.

Das wird oft vergessen.

■

Stephanie Mehnert

Gestalttherapeutin

Growing a heart?

Wir züchten jetzt funktionsfähiges Herzgewebe in Bioreaktoren. Bald werden wir Zuchtherzen zum Leben erwecken, während noch immer echter Herzschlag vor Europas Küsten verstummt. Und wir schweigen. Wir wissen: Wir haben niemals Frieden erlebt. Nicht gemeinsam. Man muss das Herz verschließen, sonst tut es weh.
Gierig greifen wir nach den Sternen und träumen von neuen Planeten, während die Welt in unseren Händen stirbt. Durch unsere Hände stirbt, weil wir keinen Frieden kennen. Vor allem nicht den mit uns selbst.
Da schlafen nun Kinder in den Tunneln der Metro, da sehen wir Gesichter, in denen unsere Angst sich spiegelt und sind betroffen. Schon denken wir an Krieg, wie er bei uns wohl wäre, betrachten die eigenen Kinder in ihren Betten und da erst, erst da, spüren wir es:
Wenn die Seele verstummt, scheint die Sprache verloren. Dann sind nur lose Wörter da, zu klein für das Erleben. Sie haften nicht am Papier, sondern wehen durch die Korridore hinter der Stirn, wie namenlose Geister. Jeder Atemzug ist tapfer, wenn ein Panzer auf dem Brustkorb steht.
Und ich bleibe dennoch dabei, weil nichts Anderes erträglich ist: Hoffnung ist eine Entscheidung. Immer.

■

Tanja Endres-Klemm

Freischaffende Künstlerin,
Illustratorin, Musikerin

Friedenslied

Musik ...
in Klang gegossenes Gebet,
des Menschen heilende Macht,
der Völker gemeinsame Sprache;
Vermittlerin von
Liebe, Kraft,
Freiheit
und
Frieden.

Friedenstanz

Nicht rechts,
nicht links,
weder oben
noch unten,
in der Mitte,
mittendrin
in mir
bei dir.
Schritt für Schritt
und
Hand in Hand
dem Leben entgegen,
alle im WIR.
Tanzen gemeinsam
den Weg des Herzens,
des Lichtes, der Liebe,
wie jeder es kann.
Wo Menschlichkeit wächst,
Gefühle der Freude
und wärmende Sonne
die Hoffnung geweckt,
dort gehen wir weiter
gemeinsam voran –
bereits den Moment
des Friedens geschmeckt
...
Salam.

Tanja Karmann

Dipl.-Kulturwissenschaftlerin, Autorin

Wie es sich anfühlt

Schreib einen Text gegen den Krieg, sagen sie.
Rüttle auf, mach wach, das ist deine Aufgabe.
Ich weiß nicht, wie es sich anfühlt.

Ich könnte über Schlachten schreiben,
Kampfgeräusche, Explosionen. Ich kann es mir
vorstellen, fühlen, riechen, mich hineinversetzen,
wie immer, wenn ich schreibe.
Ich weiß nicht, wie es sich anfühlt.

Ich könnte über Eltern schreiben, die alles für ihr
Kind aufgeben. Über die nackte Angst, dass dem
eigenen Sohn, der eigenen Tochter etwas zustößt.
Angst, die einem die Luft aus den Lungen presst.
Immerhin bin ich selbst Mutter.
Ich weiß nicht, wie es sich anfühlt.

Ich könnte über Kälte schreiben, über Hunger, über
schmerzende Füße und vor Kälte taube Finger, hier
in meinem sonnigen Büro, den warmen Kaffee und
ein Stück Schokolade in Reichweite.
Ich weiß nicht, wie es sich anfühlt.

Ich könnte über Hoffnungslosigkeit schreiben, über
das Gefühl, sich verkriechen zu wollen, darüber, wie
die Angst einen lähmen kann, hier, wo morgens
höchstens der Wecker klingelt und keine Sirene
schreit.
Ich weiß nicht, wie es sich anfühlt.

Ich weiß nur, dass es sich hier schon
schlimm anfühlt.

■

Inge Neumann-Noell

Rentnerin

Nacht

Sirenen heulen
Rucksäckchen, Teddybärchen, Kinderstühlchen nicht vergessen

Müde

Menschen eilen aus den Häusern zum nächsten Bunker
Bombengeschwader dröhnen über Saarbrücken
Geschafft – Hundert und mehr Stufen im Berg runter in die Stollen

Angst

Mütter, Omas, Kinder, kaum Männer
Licht fällt aus – Taschenlampen lassen groteske Schatten tanzen
Einschlag – Wo?
Im Tal, durch Wald verdeckt, vier Ausgänge
Von dort ab und zu Nachrichten – Wohin sind die Bomben gefallen?
Endlich - Entwarnung
Mütter tragen schlafende Kinder die Treppen hoch
Beißender Brandgeruch mischt sich mit

Angstschweiß

Steht das Haus noch? Wer hat keine Bleibe mehr? Braucht Hilfe?
Gemeinschaft großgeschrieben – Man ist sich nah

Müde

Schlaf nachholen
In dieser Straße scheint alles heil zu sein
Für wie lange?
Die Flieger kommen wieder – Hoffentlich nicht noch einmal in dieser Nacht

Angst

Ein Gefühl, das einen nie mehr verlässt.

■

Allegra Bosch

Schülerin

Unbekannt Verzogen

Jack,
hab ich dir erzählt, dass es auf dem Gang nach saurer Milch riecht? Der Teppichläufer ist voller Flecken. In meinem Zimmer fließt gelbes Wasser aus dem Hahn und die Lampe über meinem Bett hatte zwischendurch einen Wackelkontakt. Manchmal dachte ich, du würdest mir SOS-Signale senden. Hast du? Am Morgen hat mich eine Frau zum Diner mitgenommen. Ich habe gefrühstückt und Reime auf meine Plastikserviette gekritzelt:
Ich hab das Talent, wegzuhören und auszusieben
von dem, was passiert und gelernt zu lieben,
wie ambivalent die einfachsten Dinge sind:
zu hören als Tauber und sehen, ganz blind.
Es geht noch weiter, aber ich weiß, ich verliere deine Aufmerksamkeit. Du magst solche Dinge nicht. Erinnerst du dich, wie Mama mich immer vor fremden Männern gewarnt hat? Nachdem ich bezahlt habe, brauchte ich eine Mitfahrgelegenheit zurück zum Motel. Ich wurde angesprochen und kurz darauf saß ich auf der Rückbankmitte eines weinroten Peugeot. Die Farbe ist bei Autos irrelevant, findest du ja. Der Mann jedenfalls war um die fünfzig, hatte einen ruhigen Fuß auf dem Gaspedal und brachte uns heil ans Ziel, doch im Innenraum roch es nach Schweiß und süßlichem Bier.
Trunkenheit am Steuer
ist sein Ungeheuer ...
Gespenster
im Fenster
blickten ihn an –
der Peugeot
in bordeaux
holperte dann.
Später lag ich auf dem Bett und versuchte, die flackernde Glühbirne mit Blicken auszuwechseln, dabei drückte mich eine Feder der Matratze ins Kreuz, jedes Mal, wenn ich mich bewegte. Ich griff zur Fernbedienung, ohne Angst zu haben, du würdest sie mir im selben Moment wegreißen und zappte bis nachts durchs Fernsehprogramm. Ich wünschte, du hättest mich aufgehalten! Irgendwann bin

ich bei einer Diskussion gelandet, es ging um Zweifel. Weißt du, meistens leben uns Prediger ein makelloses, untrügliches Glaubensbild vor, das mich vielmehr einschüchtert, als motiviert. Das hat mich an Pater Kaminski erinnert und wie Mama von uns verlangt hat, ihm zu Weihnachten und Ostern eine Karte zu schreiben, und sonntags immer zum Gottesdienst zu gehen. Mochtest du ihn eigentlich? Ich hab dich beobachtet, wie du heimlich vor deinem Spiegel Messdienerdinge geübt hast ... leugne es nicht, ich hab dich gesehen!
Friede
in der Bibel
ist kompatibel.
Macht das Sinn? Dummer Gedanke, 'tschuldige. Findest du, ich denke zu viel nach? Zu Hause suchen sie längst nach mir. Ich hätte nicht weglaufen sollen. Jack, wo bist du, um mir die Fernbedienung abzunehmen und den Wasserhahn zu reparieren? Es ist so still hier.
Jack,
ich will vergessen, was passiert ist wie Leonard aus »Memento«: kein Kurzzeitgedächtnis, kein Langzeitgedächtnis mehr. Ich kenne meine Schuld, ich bekenne mich schuldig, nenne es, wie du möchtest, sie hätten mich bestrafen müssen, dann ginge es mir jetzt besser. Stattdessen schicken mich Mama und Papa seit Jahresbeginn zur Therapeutin, Dr. Hall, jeden Mittwochnachmittag von vier bis sechs. Ich möchte niemandem etwas vormachen, vor allem dir nicht, das wäre unfair, aber ich mag Dr. Hall und unsere Eltern zahlen ihr viel dafür, dass sie versucht, die Lücke in meinem Leben zu füllen. Ich hasse es, wie sie mich mit verständnisvollen Rehaugen anschaut. Sie hat drei Katzen, die bei unseren Treffen ziellos durch den Raum geistern und mich unverwandt anstarren, ohne menschliche Maske und so, als wüssten sie genau, was ich getan habe. Ich bin deine Mörderin, Jack. An dem Abend habe ich Mamas Aufforderung absichtlich ignoriert, damit du zum Einkaufen gehst, und wegen mir wurdest du auf dem Weg in die Stadt von einem weinroten Peugeot überrollt, verstehst du: Die Farbe ist bei Autos nie irrelevant. Weißt du, wie mein Gedicht endet?
Ich führe ein gutes und ehrliches Leben:
Freunde zum Reden, Freude am Streben –
meistens zumindest,
ich hoffe, du findest
deine Glücksseite der Münze.
Kuhscheiße ist das. Warum hast du mich nicht unterbrochen? Seitdem du weg bist, schreibe ich bloß Müll, nichts, was ich sage, hat mehr Substanz, Glashäuser aus Wörtern. Ich vermisse unser Zuhause von früher, ich habe Heimweh und Hunger und mir ist kalt, ich hasse diesen Ort, ich will mit dir übers Fernsehprogramm streiten und endlich wieder schlafen. ICH hätte Milch kaufen gehen müssen. Warum stinkt es draußen auf dem Gang ausgerechnet nach saurer Milch?
Jack?
Bitte sei ehrlich: Spielst du im Himmel heimlich Messdiener? Gibt es dort Spiegel? Ich verrate es niemandem, Ehrenwort, versprochen. Glaubst du, man vermisst uns in der Schule? Wahrscheinlich sehen sie nur zwei leere Plätze.

■

Jürgen Brill

Musiker

Freiheit (Songtext)

Freiheit ist ein großer, weißer Vogel.
Niemand fängt ihn ein,
denn er fliegt zu hoch.

Freiheit ist ein Lied, das jeder singt.
Bringt man nie zum Schweigen,
weil es weiter klingt.

Freiheit kriegt man nicht geschenkt.
Wenn man sie einsperrt,
dann ist sie fort.

Freiheit ist kein Kinderspiel.
Und dennoch sollte
jedes Kind frei sein.

Freiheit ist ein großer, weißer Vogel.
Niemand fängt ihn ein,
denn er fliegt zu hoch.

Aufruf an die Herren der Welt

Folgender Vorschlag an die Herren der Welt:
Wenn euch nichts mehr zusammenhält,
dann trefft euch in Genf oder in Bonn am Rhein
und schlagt euch selbst die Fresse ein.

Anstatt immer andre für euch zu hetzen,
die Leib und Leben auf euer Spiel setzen,
die rennen und schießen und fallen dann
für Stur-, Blind-, Taubheit und Vaterland.

Nein, wir, liebe Herren, sind nicht aggressiv.
Wir lieben das Leben, das sei euch gewiss.
Wir wollen gemeinsam bestehen, Mensch, Baum und Tier.
Wir haben Herzen und was habt ihr?

Ihr seid arrogant, egoistisch und dumm,
ihr spuckt große Reden und bleibt doch stumm,
ihr habt keine Achtung vor Sonne und Welt,
ihr wollt gar nicht lieben, euch geht es um Geld.

Folgender Vorschlag an die Herren der Erde:
Bevor noch einmal Krieg hier werde,
schaut euch das Kind an, tot an der Brust,
und denkt drüber nach, ob man jetzt noch Krieg führen muss.

Folgender Vorschlag an die Herren der Welt:
wenn euch nichts mehr zusammenhält,
dann trefft euch in Genf oder in Bonn am Rhein
und schlagt euch selbst die Fresse ein!

Text stammt aus dem März 1986

Wenn ihr denkt

Wenn ihr denkt,
die Welt ist euch geschenkt,
wenn ihr glaubt,
ihr müsst euch gar nicht mehr bemühen,

dann habt ihr völlig falsch gewählt,
eure Tage sind gezählt,
eure Umweltsünden werden nicht verziehen.

Wenn ihr sagt,
ihr habt total den Plan,
wenn ihr meint,
ihr habt es voll drauf,

dann liegt ihr sowas von daneben,
euer Preis ist unser Leben,
eure Bilanzen sind gefälscht und gehen nie auf!

Wenn ihr was tut,
dann macht das vielen Mut,
dann kann es sein,
wir kämpfen nicht allein.

Wir müssen Fehler korrigieren,
einen neuen Weg probieren,
wir sind viele und ihr kriegt uns nicht klein.

Wir sind viele und wollen niemals hilflos sein.

Text stammt aus dem Januar 2019 ■

Sven Kretzschmar

Containmentscout

Kant ist keine Klolektüre

Wie schön, dass auch heute wieder nur Regen fällt und keine Bomben. Das hat Oma immer gesagt. Opa stand in Türrahmen und nickte nur. Es hat gedauert, bis ich das verstanden habe. Im Gegensatz zu ihnen bin ich in Friedenszeiten groß geworden. Naja, sagen wir: Ich bin annähernd mittelgroß geworden. Nie hat man mich zum Schanzen gezwungen und Waffen kenne ich hauptsächlich vom Karneval oder als die obligatorische Wasserpistole an Sommertagen, die so heiß sind, dass man zwei draus machen könnte. Das waren immer schöne Feierabende, wenn Opa nach der Arbeit und dem Abwasch noch mit uns malte oder über den Rasen tollte.
Daran erinnere ich mich, während ich einen Frühstücksjoghurt löffele, der zuvor geflissentlich mit Honig versehen wurde. Und ich lausche. Diese wunderbare Sonntagmorgenstille. Man nimmt das Frühstück auf dem Sofa zu sich und liest dabei ein gutes Buch, während der Rest der Welt sich noch überwiegend mit lästigen Träumen herumschlagen muss. Bis die Nachbarn obendrüber aufstehen oder irgendwo auf der Straße ein Kleinkind anfängt zu weinen. Passend dazu blättern sich vor meinem Auge die Seiten von Kants Schrift »Zum ewigen Frieden« fast von selbst um. Während des Studiums habe ich das Glubschauge aus Königsberg nie so richtig leiden mögen. Ein zielsicherer Stil und eine möglichst

exakte Ausdrucksweise vertragen sich eben nicht immer. Und da Kant sich offenbar für Letzteres entschied, blieb er früher allzu oft ungelesen. Eigentlich wollte ich ihn auf dem Gäste-WC deponieren, als offensichtliches Zeichen mangelnden Respekts, aber mit zunehmendem Alter wird man zumindest in mancher Hinsicht milde. Und so hat er schlussendlich doch zuerst den Weg ins Regal und von dort vor meine Nase gefunden. Zu Zeiten lässt sich allerdings trefflich zweifeln, ob ewiger Frieden zum menschlichen Naturell passt.

Überhaupt ist das mit der Zeit so eine Sache: Angesiedelt entweder irgendwo zwischen früher und später oder im Bermudadreieck der menschlichen Existenz ›Vergangenheit – Gegenwart – Zukunft‹ fristet man sein Dasein – und hat sie immer im Nacken sitzen. Allerdings ist auch die Zeit nicht mehr das, was sie einmal war. Konnte man früher, sprich: damals, in der guten alten Zeit, noch ausschlafen und brauchte sich keine Sorgen zu machen, weil immer für alles gesorgt war, scheint, je weiter man sich von der Adoleszenz entfernt, nun alles in einem immer schneller und radikaler vonstattengehenden Wandel zu sein: Eltern werden von Kindern zu Wettkampfsportaktivitäten geschleppt, gerne und vermehrt in muffigen Mehrzweckhallen, die wochenends eigentlich besser belüftet als bespielt werden würden, damit die olfaktorischen Noten der Pubertät ihnen entströmen könnten. Singles verabreden sich zur aktiven Freizeitgestaltung – und das auch noch freiwillig! Über den Äther dringt das subtil-penetrante Rauschen einer Autobahn herüber. Und selbst sonntags brummt immer irgendwo ein Rasenmäher. Immer mäht irgendwer seinen gottverdammten Rasen. Hineingeboren in eine Nachbarschaft, die, je zugezogener sie wird, mit den Jahren immer schwerer zu ertragen ist. Meinen Großeltern indes würde es hier immer noch gefallen. So richtig friedlich ist das alles zwar nicht, aber sich permanent über etwas beschweren zu können, ist vielleicht auch eine Form von Leben im Luxus. Diese Einsicht konveniert nicht jedem, bisweilen braucht man gar ein gerüttet' Maß an Humor, um sie sich erträglich zu machen. Ich jedoch besitze keinen Humor. Ich besitze eine Hose. Diese wiederum besitzt Taschen, welche aber so vollgestopft sind mit meinem absurden Gewäsch, dass man zusätzlich nicht auch noch Humor darin aufbewahren könnte, selbst wenn es gewollt wäre. Und das ist es nicht, jedenfalls nicht von mir.

Dies mir vergegenwärtigend blicke ich über die Terrasse in Omas Garten. Wie das aussieht auf der anderen Seite der Glastür. Alles zerrupft und ins Kraut geschossen. Ich sollte unbedingt mal wieder Rasenmähen.

Draußen ist das Weinen verstummt. Auch Babys haben Feierabend.

■

Udo Recktenwald

Landrat im Landkreis St. Wendel

Zufrieden.

Frieden macht uns zufrieden. Der Frieden beginnt nicht in der Welt. Der Frieden beginnt nicht in Europa. Der Frieden beginnt nicht in irgendeiner Gesellschaft. Der Frieden beginnt nicht bei den anderen. Der Frieden beginnt bei mir. In mir. In dir. In jedem einzelnen von uns. Der Frieden beginnt in meinem Herzen. In dem, was ich denke. In dem, was ich fühle. In dem, was ich tue.

Krieg macht uns unzufrieden. Der Krieg endet nicht in der Welt. Der Krieg endet nicht in Europa. Der Krieg endet nicht in irgendeiner Gesellschaft. Der Krieg endet nicht bei den anderen. Der Krieg endet bei mir. In mir. In dir. In jedem einzelnen von uns. Der Krieg endet in meinem Herzen. In dem, was ich denke. In dem, was ich fühle. In dem, was ich tue.

Die unbedachte Ohrfeige. Die ungestüme Rangelei. Die körperliche Gewalt gegen einen anderen. Das verletzende Wort. Die hasserfüllte Beleidigung. Die abwertende Geste. Immer dort, wo ein Mensch einen anderen Menschen nicht so akzeptiert wie er ist, geht Frieden verloren. Frieden braucht die Akzeptanz der Unterschiedlichkeit. Die Akzeptanz unantastbarer Menschenwürde. So jedenfalls krieg-t er uns nicht. Er muss erst seinen Frieden machen. Mit sich. Mit uns. Mit dem Leben. Schultern wir die Waffen des Friedens und leisten Friedensdienst. Die Tugend der Friedfertigkeit.

Wir sind nicht alle gleich, aber gleichwertig. Jeder ist anders. Keiner ist besser. Anders sein ist normal. Darin liegt die Vielfalt unseres Seins. Vielfalt bereichert das Leben. Jeder sieht anders aus, spricht anders, fühlt anders, denkt anders. Jeder hat andere Ideen, Vorstellungen, Meinungen. Jeder glaubt anders, weiß anders. Darin liegt die Vielfalt unseres Seins. Vielfalt malt das Leben bunt. Das Ganze ist mehr als die Summe seiner Einzelteile. Erst in der Gemeinsamkeit aller Einzelteile entsteht und entwickelt sich unser ganzes Menschsein. Im Dialog, im Lernen, im Geben und Nehmen, im Überzeugen, im Kompromiss, in der Akzeptanz. Nicht im Monolog, im Besserwissen, im Egoismus und nicht in fehlender Akzeptanz und Respekt.

Jeder von uns ist ein Tropfen. Durch einen Tropfen allein entsteht kein Regen, kein Wasser, kein Meer, kein Leben. Viele einzelne Tropfen erst werden zu Regen, zu Wasser, zum Meer, zum Leben. Wenn sich die Tropfen gegenseitig bekämpfen und beseitigen, trocknet das Leben aus. Jeder von uns ist ein Samenkorn. Durch ein Samenkorn allein entsteht keine Pflanze, keine Wiese, kein Wald, kein Leben. Wenn sich die Samenkörner gegenseitig bekämpfen und beseitigen, trocknet das Leben aus. Jeder von uns ist ein Tropfen des Friedens. Jeder von uns ist ein Samenkorn des Friedens. Dann sind wir zufrieden.

Solange die Sonne aufgeht.
Solange die Vögel pfeifen.
Solange die Blumen blühen.
Solange wir unsere Hände falten.
Solange unser Herz schlägt.
Solange sind wir zufrieden.

Solange die Sterne funkeln.
Solange der Schmetterling fliegt.
Solange die Bäume Laub tragen.
Solange wir unsere Hände falten.
Solange unser Herz schlägt.
Solange sind wir zufrieden.

Solange das Meer rauscht.
Solange die Bienen summen.
Solange das Gras wächst.
Solange wir unsere Hände falten.
Solange unser Herz schlägt.
Solange sind wir zufrieden. ■

Annina Safran

Autorin

Text für den Frieden

Frieden ist eine Utopie.

Wir Menschen streben ein friedvolles Miteinander an, und zwar für uns in unserem kleinen unbedeutenden Leben und im Großen, für alle Länder, für die ganze Welt. Und obwohl wir wissen, dass es nie einen Weltfrieden geben wird, streben wir danach. Wenn jemand drei Wünsche frei hätte, die von der guten Fee erfüllt werden, gibt es sicherlich kaum einen Menschen in unserer zivilisierten demokratischen westlichen Welt, der nicht an den Weltfrieden denkt. Oder etwa doch? Wir wünschen uns eine bessere Welt, eine Welt, in der es keinen Krieg gibt, nirgendwo. Doch das ist leider eine Utopie.

Die Menschen sind keine friedvolle Spezies, waren es seit Anbeginn der Zeit nicht. Es gab immer Kämpfe: Um Nahrung, Territorien, später und auch heute geht es außerdem um den Glauben und schon immer ging und geht es um Macht. Frieden entspricht also nicht unserer Natur und dennoch sehnen wir uns danach wie kleine Kinder. Das beginnt im Alltag: Aufstehen, ohne böses Wort oder eine Auseinandersetzung, ohne Stress und in voller Harmonie leben, das allein bedeutet für viele schon Frieden. Wie oft liegen wir abends im Bett, haben ein ungutes Gefühl, einen Streit im Hinterkopf, ein unangenehmes Gespräch, eine essentielle zwischenmenschliche Herausforderung und denken: Hoffentlich wird alles gut?! Bei dem Streben nach Frieden begeben wir uns in unsere ursprünglichste kleinste Form zurück. Wir wollen, dass alles wieder »gut« wird, wie Kinder. Morgen ist ein neuer Tag, morgen wird alles besser. Das Positive daran ist, dass wir den Glauben an das Gute und an den Frieden nicht verlieren. Wir wollen, dass alles gut wird. Wir wollen, dass es Frieden gibt. Dafür gehen zurzeit tausende Menschen tagtäglich auf die Straße, um friedlich für den Frieden und gegen den Krieg zu demonstrieren.

Denn es herrscht Krieg auf der Welt, in einem Land, das wir kennen, womit wir uns identifizieren können und dann überträgt sich dieser Zustand auch auf unseren Alltag. Es verunsichert uns und wir befürchten, dass unser eigenes vermeintlich friedliches Leben durch einen Krieg beeinträchtigt wird. Aber ist das wirklich so? Zerstört ein Krieg irgendwo in der Welt wirklich unseren kleinen privaten Frieden? Oder sind wir in unserer zivilisierten demokratischen Wohlstandsgesellschaft so verwöhnt, dass uns ein solcher Krieg auf Dauer nicht verunsichern kann? Wie weit geht unser Glaube an das Gute, an die Hoffnung, dass unser utopischer Wunsch nach dem Weltfrieden realistisch ist? Und ab wann ist unser Bestreben nach der Erfüllung dieses Friedenswunsches erfüllt? Reicht es, dass sich die kriegerischen Parteien einigen? Oder wenn der Frieden durch einen weiteren kriegerischen Akt durchgesetzt wird? Ist das dann wirklich der Frieden, den wir uns wünschen? Mit welcher Form von Frieden können wir leben und erfüllt unseren Anspruch darauf? Ist das eine Frage, die wir überhaupt beantworten können?

■

Annelie Gerhard

Poetin

Der Weg

Auf dem Weg
Ins Irgendwo
Führt der Pfad
Durchs Nirgendwo

Den Schritt nach vorn
Niemals zurück
Nicht ein Gedanke
Nicht ein Blick

Weder Gepäck
Noch Ziel, noch Rang
Das Einzige:
Der Freiheit Klang

Egal wie weit,
Hauptsache fort
Egal wohin,
Wenn Frieden dort

■

Patrik Salmen

Autor, Vorleser, Satiriker

Ein kleines Russland

Im Radio erzählen sie vom Krieg in der Ukraine. Sie berichten von flüchtenden Menschen und russischen Panzern. Mein Sohn horcht auf, denn er kennt diese Wörter. Seine Großeltern sind in Russland geboren. Viele ihrer engsten Freunde kommen aus der Ukraine. Oft feiern sie Feste zusammen. Sie lachen, trinken und erzählen Geschichten von der alten Heimat. Seine Mutter ist ebenfalls in Russland geboren und wenn sie zuhause am Telefon diese »seltsame Sprache« spricht, ist mein Sohn wütend. »Du sollst nicht russisch reden« sagt er dann immer. »Ich weiß nicht, was du da redest.« Er liebt den Klang der russischen Sprache, aber er möchte die Dinge verstehen.

Mein Sohn war nie in Russland. Zwar kennt er den Umriss auf der Landkarte, aber für ihn ist Russland ein Haus. Das Haus seiner Großeltern. Ein normales Haus mit heller Klinkerfassade. Russland ist eine Stunde mit dem Auto entfernt. Es ist ein Ort der Wärme, weil er sich geborgen fühlt und weil Opa die Fußbodenheizung nie ausstellt. Russland, das ist seine liebende Familie, ein Opa mit Akkordeon und die Teigtaschen-Oma, die das Wort Obst nicht aussprechen kann. »Oppst« sagt sie immer, und mein Sohn muss dann lachen.

Wir haben einen Schlüssel für Russland. An diesem Ort sind wir willkommen. Im kleinen Russland wird getanzt und gesungen. Im kleinen Russland riecht es nach Zwiebeln. Es gibt Teigtaschen mit Kartoffeln, Kartoffeln mit Teigtaschen oder mit Kartoffeln gefüllte Teigtaschen. Russland ist ein einziger Teig, denn der sibirische Winter hat den Boden mit Mehl bedeckt. Mein Sohn liebt die russischen Märchen und Zeichentrickfilme, auch wenn sie ein bisschen düster und gruselig sind. Er liebt die ausufernden Feste, die herzlichen Menschen und die poetischen Lieder, die man so heiter und inbrünstig singt, obwohl sie von Traurigkeit durchdrungen sind. In der Nähe von Omsk steht ein winziges Haus mit einem Kachelofen. Dort lebt seine andere Oma. Er hat sie nie gesehen. Diesen Sommer wollten wir sie eigentlich besuchen.

Mein Sohn weiß nicht, wer Putin ist. Einmal hat er ihn im Fernsehen gesehen. Mir war, als hätte er Angst vor ihm gehabt. Mein Sohn ist fünf Jahre alt. Er weiß nicht, was Despoten sind. Er weiß nichts über Wahn und Macht. Er weiß nichts über abgesprochene Existenzrechte und Propaganda. Und er ahnt nicht, dass die Menschen Angst haben, weil ihnen diese Geschichte so schrecklich bekannt vorkommt. Die Bilder vom Krieg kennt er noch nicht. Im Radio kann er die Panzer und Bomben nicht sehen. Bald werden wir ihm von diesen Dingen erzählen müssen. Ich habe keine Ahnung, wie man mit Kindern über den Krieg spricht. Wie man das auch nur ansatzweise erklären soll, wenn man es doch selber nicht versteht.

Noch ist sein kleines Russland das Haus der geliebten Großeltern. Ein Ort der Fröhlichkeit, ein Gefühl von Heimat. Am Wochenende wird er dort sein. Er wird mit Oma Teigtaschen kneten und dem Akkordeon lauschen.

■

Martin Gehring

Autor, Verleger

Das Ende

Das Ende begann am sechsten Tag. Gott hatte gut geschlafen und nach einem leichten Frühstück hatte er Großes vor. Also setzte er sich an seine Werkbank, nahm Lupe und Pinzette und reihte sinnreich Bosonen und Leptonen, Gluonen und Quarks aneinander, verknotete sie mit Strings und Schleifenquanten, feilte hier und da an einem Atomkern, verschränkte Elektronen und Protonen und erhielt schließlich eine einzige, winzige Zelle. Als er sah, dass es gut war, nahm er die Zelle und setzte sie auf einer, bis dahin unbelebten Welt in eine Wasserlache. Später am Tag töpferte Gott noch ein wenig. Doch wie er es anstellte und wie sehr er sich auch mühte – es gelangen ihm, statt eines neuen Aschenbechers, nur zwei knubbelige Tonfigürchen mit allerlei lustigen Fortsätzen. Er besah die beiden und beschloss, sie so zu lassen. Nachdem er ihnen (aufgrund eines heftigen Hustenanfalls) versehentlich Leben eingehaucht hatte, trug er sie in seinen Experimentiergarten auf seiner Experimentierwelt, nicht ohne sie streng zu ermahnen, keinen Unfug anzurichten. Dann legte Gott sich zu einem Mittagschläfchen nieder.
Natürlich richteten die Wichte, die sich bald Menschen nannten, allerlei Unfug und auch Schaden an. Sie verwüsteten den Garten, fraßen jegliches Getier auf, was dort herumkreuchte und -fleuchte, pflückten alles Obst und stibitzten sogar des Herrn persönliche Äpfel, als er einmal

nicht hinsah. Also flogen sie aus dem Garten, aber anstatt zum Staub zurückzukehren, aus dem sie geformt waren, begannen sie, sich zu vermehren. Sie wurden immer mehr, wenn ihnen langweilig war (wie meistens) schlugen sie sich gegenseitig die Köpfe ein und verbreiteten sich wie Myzel über Gottes gesamte Versuchswelt. Dieser gab sich alle Mühe, der Plage Herr zu werden, flutete den ganzen Laden, ließ den einen oder anderen Asteroiden einschlagen, impfte die Bande mit tödlichen Seuchen, setzte Unwetter, Heuschrecken, Missernten, Eiszeiten, Hitzewellen, Erdbeben, Tsunamis und allerlei andere Naturkatastrophen ein, doch die Gnome erwiesen sich als überaus erfindungsreich und krallten sich überdies mit übermenschlicher Sturheit an jedem Fleckchen Erde fest. Kurzum – wie es Gott auch anstellte, er schaffte es nicht, sie auszurotten. Schließlich wandte er sich von der Erde ab, denn er hatte noch mehr zu tun. An dieser Stelle soll gesagt sein, dass die Menschen zwar überaus lästig waren und Gott gehörig auf die Nerven gingen, aber am Ende waren sie nicht schuld.

Am Morgen des Donnerstags erwachte Gregor S. aus unruhigen Träumen, schob sich schlaftrunken und mit steifen Gelenken, gerade als trüge er einen Chitinpanzer, zur Toilette und riss, während er sein Geschäft verrichtete, am Kalender das Blatt für den Mittwoch ab. Er sah auf den Kalender, dann auf das abgerissene Blatt, dann noch einmal auf den Kalender. Da stand Freitag. Wo war der Donnerstag geblieben? Während er seinen Morgenkaffee aufsetzte, schaltete er das Radio an und hörte in den Nachrichten, dass es in der Tat schon Freitag wäre und die Welt wegen des fehlenden Tages in Aufruhr sei. Die Menschen hatten sich am Mittwochabend, dem Sonnenuntergang folgend, ins Bett gelegt und staunten nicht schlecht, dass sie am Freitagmorgen aufwachten. Der Donnerstag war ausgefallen, weg, hatte niemals stattgefunden. Nicht einmal im Kalender stand er, wie auch schon Herr S. bemerkt hatte. Im Hundertjährigen nicht, in den Tageskalendern fehlte das Blatt und auch der Jungbauernkalender (prallbusige Bäuerin vor neuestem Melkautomaten) hatte einen Tag weniger. Die Wirtschaft ärgerte sich, dass ein Arbeitstag verloren ging, was die Werktätigen wiederum freute. Ursachen wurden gesucht und Schuldige waren schnell ausgemacht: Der Kanzler, der wegmusste, die Reptiloiden, die Illuminaten, die Kommunisten, die Gewerkschaften und Geheimdienste. Für die Linken waren die Rechten schuld, für die Rechten die Juden, für die Juden die Muslime, für die Muslime die Christen, für die Christen alle anderen Religionen und für alle anderen Religionen die Atheisten.

▶

Das Ministerium für vage Vermutungen wurde bemüht, doch das brachte nichts weiter als vage Vermutungen zustande. Aber weil es am Abend des Freitags ein bedeutendes Fußballmatch gab, glätteten sich die Wogen wieder und das Leben ging, als wäre nichts geschehen, seinen gewohnten Gang weiter. Es blieb nicht so. Als Nächstes fiel der Sonntag aus, dann verschwanden der Dienstag und der Mittwoch, danach das ganze Wochenende. Die Welt geriet endgültig aus den Fugen, Regierungen traten zurück, Geschäfte wurden geplündert, Missionare aufgefressen, die Märkte geschlossen, die Russen zündeten eine Atombombe, weil das immer hilft, die Chinesen wollten am folgenden Tag irgendwo einmarschieren, aber der Tag fiel, ebenso wie die gesamte folgende Woche aus. Nur an einem alten Mütterchen in seiner kaukasischen Berghütte ging der Aufruhr spurlos vorüber, weil es in seiner Zerstreutheit täglich fünf bis acht Kalenderblätter mit seinen gichtsteifen Fingern abriss und im Juni schon den dritten Abreißkalender im Herrgottswinkel (Väterchen Stalin und eine Marienikone) der kargen Stube aufgehängt hatte. Als alles nichts mehr half, besannen sich die Menschen auf Gott und riefen ihn mit aller Inbrunst um Hilfe, doch der Herr hatte andere Probleme.

Auch Gott hatte bemerkt, dass etwas nicht stimmte. Es kamen immer mehr Tage abhanden. Nicht, dass dieser Umstand für das Modell der Ewigkeit eine Rolle gespielt hätte, aber nachsehen musste man schon einmal. Also warf der Herr sein allsehendes Auge durch das Universum – zuerst auf die Welt der Menschen, denn denen war bekanntlich jede Teufelei zuzutrauen, aber sie waren unschuldig. Danach waren die ganzen anderen Welten dran, doch alles war in schönster Ordnung. Was Gott bei all dem Durcheinander nicht bemerkte, war ein kleiner, unauffälliger Planet, der nicht dort war, wo er sein sollte. Er hatte sich aus der Umlaufbahn um seine Sonne entfernt, war verschwunden und der Allsehende hatte es übersehen.

Es war die Welt, auf die Gott einst eine einzelne Zelle gesetzt hatte. Diese hatte sich, kaum dass sie es sich in ihrer Pfütze bequem gemacht und ein paar Geiseltierchen absorbiert hatte, geteilt. Nun hüpften schon zwei Zellen durch die Lache, die sich wieder und wieder teilten. Einige Tage später wurde die Pfütze zu klein und heraus kroch ein gräulich glänzender Schleim. Nach einer Woche bedeckte er schon einen Quadratmeter und wuchs weiter, weiter und immer weiter, bis er den ganzen Planeten bedeckte. Und je mehr der Schleim wuchs, desto schlauer wurde er auch. Doch irgendwann wurde es kritisch.

Der Schleim stand schon einen Kilometer hoch und war so schwer geworden, dass die Welt aus ihrem Orbit zu springen drohte. Also begann er nachzudenken und kam zum Resultat, dass eine weitere Heimat hermusste. Wie aber sollte er da hinkommen, denn schließlich war er nur Schleim – eine sülzartige Masse ohne Augen, ohne Arme, dafür aber intelligent. Als das Gallert lange genug überlegt und dabei gelernt hatte, die Gravitation benachbarter Sonnensysteme zu erspüren, fand es auch die Lösung für sein Problem.
Der Schleim begann langsam und träge, sich in Richtung Äquator zu verlagern. Dadurch wurde die Rotations- und auch die Umlaufgeschwindigkeit um die Sonne erhöht. Durch weitere geschickte Umschichtungen seiner Masse beschleunigte der Blubber seine Welt schließlich auf Lichtgeschwindigkeit. Das war der Moment, in denen sich der gesamte Schleim am Pol versammelte, der Planet aus seiner Umlaufbahn sprang und lichtschnell zur nächsten Sonne hüpfte, um sich von ihr einfangen zu lassen. Gleichzeitig war das auch der Moment, an dem aufgrund des entstehenden Zeitparadoxons der Donnerstag verschwand. Und nicht nur das – auch ein kleines, abgelegenes Eckchen des Universums löste sich durch die verlorengegangene Zeit unbemerkt auf. Als der Schleim feststellte, dass es in dem System, in dem er angelangt war, keine habitable Welt gab, setzte er sogleich zum nächsten Sprung an. Zack – war der Sonntag weg und vom Universum noch ein Stückchen fortradiert. So ging es Sprung für Sprung. Die Tage verschwanden, ebenso ganze Galaxien und Gott wurde angesichts seiner dahinschwindenden Schöpfung immer nervöser. Irgendwann war es dann soweit, dass der schleimbewohnte Planet um eine letzte verbliebene Sonne der einst gewaltigen Andromedagalaxie kreiste. Das ganze Universum war leer und nur noch eine kleine gelbe Sonne stand da, wo sich einst ein äußerer Arm der Milchstraße befand. Der Glibber bemerkte den dritten Planeten des Systems, eine kleine blaue Kugel, bewohnt von etlichen Milliarden Wesen, deren Kalender auf ein einziges Blatt, einen letzten Eintrag zusammengeschrumpft waren, beschleunigte und sprang. Dann war alles vorbei. Es gab keine Schleimwelt mehr, keine gelbe Sonne, keinen blauen Planeten, keine Menschen, keinen Kalender, kein Universum, keinen Gott und noch nicht einmal das Nichts war übriggeblieben. Das war das Ende. Obwohl – wie kann es ein Ende geben, wenn niemand mehr da ist, der vom Anfang hätte berichten können?

■

André Jungmann

Therapeut

**»Frieden ist nicht alles,
aber alles ist ohne den Frieden nichts«**
Willy Brandt, 1981

Am Abend des 23. Februar 2022 traf ich im Bistro am Theleyer Weiher den früheren Kultwirt des Ortes Klaus Mildau. Frisch getestet, die FFP2-Maske neben dem Weizenbierglas liegend, steuerten wir im Gespräch recht zügig und fast zwingend auf das Megathema der letzten beide Jahre zu: Corona! Bei der Frage, ob wir denn im Herbst die Pandemie hinter uns hätten, schoss es aus dem »Milles« in unnachahmlicher Weise heraus:
»Wenn uus bess dohin de Putin net iwwerrollt hat!«
Gelassen und den Eindruck vermittelnd, ich wäre im Besitz von millitärischem Geheimwissen, schüttelte ich den Kopf, und entgegnete:
»Nie emm Läwe, der Putin blufft, der fengt kä Kriesch an. So blöd ess der net.«

Als ich am kommenden Morgen im Radio die Nachrichten hörte, wurde ich von dem Angriff Russlands auf die Ukraine tatsächlich eiskalt erwischt. Das flächenmäßig größte europäische Land greift das Zweitgrößte an. Und das anscheinend in echt, denn erst mal fühlte sich das an, als sei man noch im Traum hängengeblieben, in dem man einen üblen Science-Fiction-Militär-Blockbuster weitergesponnen hatte. Doch alles Sich-kneifen und Augenreiben half nichts: In Europa fand zum ersten Mal seit 1945 wieder ein Krieg statt, bei dem eine hochgerüstete Weltmacht als Aggressor auftrat. Wie Nazi-Deutschland 1939 Polen, hatte Russland, mit scheinheiligen vorgeschobenen Gründen, einfach ein anderes Land überfallen. Als wäre das noch nicht beängstigend genug, drohte Wladimir Putin mit aggressivem Gestus auch noch allen, die sich ihm entgegenstellen wollten. Selbst die »Abschreckungswaffen« würden in erhöhte

Alarmbereitschaft versetzt. Gemeint waren natürlich russische Atombomben, deren Einsatz die ganze Erde zerstören und unbewohnbar machen würden. Spätestens jetzt wurde jedem einigermaßen politisch interessierten Beobachter Angst und Bange – zumindest dieses Ziel hatte Putin schnell erreicht. Es folgten kaum erträgliche Bilder aus der Ukraine. Herzzerreißend, vor allem die betroffenen Kinder, die sich nur widerwillig und in tiefem Abschiedsschmerz von ihren weinenden Vätern trennen mussten, die sie womöglich nie wiedersehen würden. Bomben auf Krankenhäuser, zerstörte Städte, Tausende Tote auf beiden Seiten, Millionen Flüchtlinge, von denen Frauen und Kinder auf Bahnhöfen in fremden Ländern auch noch von Menschenhändlern in die Prostitution oder kommerzielle Adoption verschleppt werden. Wie ignorant und abgestumpft muss man eigentlich sein, wenn solche Bilder und Geschichten einem nicht die Tränen in die Augen treiben und nachts um den Schlaf bringen. Von heute auf morgen bekommen Europa und die Welt gezeigt, wie existentiell wichtig Frieden ist und wie schnell sich ein Land plötzlich im Krieg befinden kann.

Es bleibt nur die Hoffnung, dass es schnellstmöglich zu einem Ende des Krieges und des Elends in der Ukraine kommt, dass der Krieg nicht auf weitere Länder übergreift und dass es nicht zu einem Dritten Weltkrieg kommt, an dessen apokalyptische Folgen man gar nicht zu denken wagt. Es bleibt nur die Hilfe für die vielen geflüchteten Ukrainer, meist Frauen und Kinder, die ihre Heimat aus Angst vor Bombenangriffen verlassen haben.

Schon oft habe ich im Laufe meines Lebens das vierzig Jahre alte Zitat des früheren Bundeskanzlers Willy Brandt gehört oder gelesen:
»Frieden ist nicht alles,
aber alles ist ohne den Frieden nichts.«
Willy Brandt war Zeitzeuge des Zweiten Weltkriegs und hat Widerstand gegen die Nationalsozialisten geleistet. Ich selbst habe noch keinen Krieg erlebt, aber nie habe ich seine Worte so gut verstanden wie in diesen düsteren Tagen.
Nie wieder Krieg! ■

Clara Brill

Studentin, Poetry Slammerin
Freie Mitarbeiterin beim SR

Gibt es Worte für den Frieden?

Sie starrt auf ein weißes Blatt Papier.
Es starrt zurück.
Normalerweise verzückt sie dieser Anblick, heute nicht.
Ihre Hand zittert und sie wittert, wie Angst sich Bahn bricht, sie auf dem Fuß erwischt, der eigentlich ihr Standbein stützt.
Abrupt steht sie auf und rauft sich die Haare nur deshalb nicht, weil das eher Filmen als Realität entspricht. Sie wünscht sich nichts mehr, als dass das hier ein Film wär'.
Wo kommen Worte her, die erfassen, was nur Menschen verpassen, die bereits den ewigen Frieden gefunden oder sich selbst und anderen aufgezwungen die Augen verbunden haben?
Sie geht auf und ab. Atmet ein und aus.
Schaut durchs Fenster raus, mit blicklosen Augen,
hängenden Schultern und Gedanken,
die nicht zum Schreiben taugen.
Sie denkt an das, was in der Welt bereits schieflief,
dass wenn ein Mensch um Hilfe rief in zu vielen Fällen die logische Folge Wegsehen hieß.
Sie setzt sich, nimmt den Stift in die zitternde Hand,
und nach Minuten des Zögerns hat das weiße Blatt Papier einen einzelnen Satz gebannt:
»Wie kann es Kriege geben?«
Sie muss sich wieder erheben, ihre Schultern beben unter

dem Gewicht verlorener Menschenleben, die diese Frage
gestellt und bei deren Antwort Waffen statt Worte
gewählt wurden.
Sie denkt an den Mann, der Menschen in einen Krieg
schickt, ein Konflikt, den er nur strickt, weil die Sucht nach
mehr Macht ihn blind und taub zurückgelassen hat.
Sie denkt an die Wenigen, die vom Krieg profitieren
und an die Millionen, die die Folgen spüren.
Die, die weinen, um verlorene Leben,
die, die um zu helfen fast alles geben,
die ihre eigene Angst in Stärke verwandeln,
statt mit leeren Versprechen mit offenen Armen handeln,
die wirklich verstehen, was das bedeutet,
wenn ein Einzelner den Frieden von Vielen vergeudet.
Die, die dem Leid fest ins Auge blicken,
und sie denkt an sich selbst –
die droht, im Selbstmitleid zu ersticken.
Sie setzt sich, atmet ein und aus,
und wäscht mit Tinte das Weiß
aus dem Blatt Papier heraus:
»Über Frieden zu schreiben ist nicht genug,
Krieg als Ausweg zu zeigen ist schlichtweg Betrug.
Was uns, von denen die fliehen unterscheidet
– ist Glück. Sonst nichts.«
Sie steht auf
und zurück bleiben ein halb beschriebenes Blatt Papier
und ein Stift. Die braucht sie nicht.
Mit sich nimmt sie das Gewicht der Gedanken,
die sich um Krieg und Frieden ranken.
Sie ist sicher nicht allein und reiht sich ein bei den
Millionen, die mit Liebe den Hass entthronen.
Irgendwann kehrt sie vielleicht zurück, zückt den Stift
und schreibt die halbleere Seite voll,
Zeile um Zeile. Zoll um Zoll.
»Frieden kann es nur wirklich geben,
wenn Macht oder Geld nicht mehr wiegt als Leben.
Der Weg bis dorthin ist steinig und weit. Besser geht man
ihn deshalb zu zweit.
Am besten ist, man geht ihn mit allen. Dann dürfte er am
leichtesten fallen.«

■

Elke Wingender

Autorin

Krieg

Eiskalt.
Da sitzen sie nun.
Ganz ohne Plan und unvorbereitet verliefen die letzten Tage.
Lena betrachtete ihre Tochter Svetlana und ihren Sohn Kirill. Alles was sie an warmer Kleidung hatte, trugen die Kinder jetzt. Und trotzdem. Lena sah es. Beide Kinder froren.
Längst hatten Svetlana und Kirill aufgehört zu weinen. Sie hatten es sicher gemerkt. Es war schlimm für Lena zu sehen wie die Kinder vor Kälte zitterten, und sie ihnen nichts zu essen geben konnte.
Olaf hatten sie auch mitgenommen. Es lenkte die Kinder ab mit dem Hund zu spielen. Sie lächelten dann wenigstens etwas. Erwachten aus der Starre des Verwirrtseins.
Viel an Spielsachen hatten sie ja nicht mitnehmen können.
Ein kleiner Koffer und Plastiktüten mit Kleidung. Das war ihr ganzer Besitz.
Und jetzt saßen sie hier. Auf dem Bahnhof. In Sicherheit.
Lena dachte an das, was einmal ihr Zuhause war. Wo sie sich sicher gefühlt hatten. Sich Träume erfüllen wollten.
Sie und ihr Mann, der auch Kirill heißt.
Ja, sie hatten ein Haus.
Sie wollte Kinderkleidung und Spielsachen aussortieren für ihre Freundin. Ach ja, ob die noch lebte?
War sie ebenfalls geflohen? Oder geblieben? Lena zweifelte: War es richtig mit den Kindern zu gehen? Hätte sie bei ihrem Mann bleiben sollen? Wie sehr hatten die Kinder geweint, als er nicht mitkommen konnte. Da bleiben musste.
Er hatte sie in den Zug gesetzt.

Jetzt war er allein.
Er wollte sie in Sicherheit wissen. Nicht verängstigt in den U-Bahn Tunneln, ohne Essen und in der Kälte.
Es brach ihr das Herz zu gehen.
Sie fühlte sich so verloren. Hier kannte sie niemanden.
Alles fremd. Dort kannte sie die Menschen.
Hätte sie doch da bleiben sollen?
Es war für die Kinder. Sie sind so still geworden. Seit der Trennung von ihrem Papa.
Sie hörte Olaf bellen und sah, wie er die Kinder anstuppste, um mit ihnen zu spielen. Sie hatte es schon gehört. Wie sollte sie es ihnen sagen? Olaf musste hier bleiben.
Eine Träne lief über Lenas Wange. Das würde schlimm werden für die Kinder.

Eine alte Dame setzte sich neben Lena. Wie durch einen Nebel hörte Lena ihre Stimme. »Hallo, ich heiße Anna. Ich würde gerne helfen«, sagte sie. Helfen?, dachte Lena. »Wir haben eine Unterkunft für Sie und ihre Kinder.« Lena schaute auf, als Anna das sagte. Wärme, Essen, Schutz – das war alles was Lena jetzt denken konnte. »Dankeschön«, flüsterte sie. »Leider sind Haustiere dort nicht erlaubt«, sagte Anna. »Aber es ist erst einmal ein Ankommen.«
Lena wollte es den Kindern selbst sagen. Ihnen so lange es ging, noch diese kleine Freude mit Olaf gönnen. Irgendwie löste es die Schleusen und sie erzählte Anna von ihrer Flucht. Dem Gefühl der Angst, ihre Kinder nicht beschützen zu können und diese alleine zurücklassen zu müssen. Das Zittern bei Beschuss. Und die Trennung von ihrem Mann und dem Vater der Kinder.
Ihr stilles Hoffen, dass er zurückkommen würde.
»Er kehrt nicht als der zurück, als der er ging«, sagte Anna. Lena konnte das nicht so richtig verstehen, was Anna ihr damit anzudeuten versuchte. Aber wichtig war erst einmal, *dass er* wiederkommen würde!

Sie ging zu den Kindern, nahm sie in den Arm. Ganz still standen Svetlana und Kirill da, als sie Olaf an die Leine nahm und Anna übergab. Kein Laut. Lenas Herz bekam einen Stich. Aber so war es halt. Der Preis für Sicherheit.
Sie alle Drei.
Eine Unterkunft. Essen. Wärme.
Und – vielleicht einmal ohne Albträume schlafen.
Sie schauten Olaf noch lange nach. Dann packten sie ihre Sachen und folgten dem jungen Mann in Blau vom THW, der sie in ihre Unterkunft bringen würde.

■

Friedrich Urner

Autor

Sebastian Bulker
Jennifer Altkorn

Autorenehepaar

Enzephalogramm!

Herde: Aggressoren, Turbinen, Raketen.

Therapie?
Erde. Genie. (Ventilatoren erbeten!)

Spikes & Waves.
Katastrophale Atmosphäre.
Television.
Elektroseraphische Chöre, stereophon.
Mittens will be slaves!

Professoren?
Luftschutz, ziviler.
Attrappen statt Kühler.

Befund: Chromgruftputz, schwüler,
der Automation,

zu spätester Stunde

–

Entzivilisation.

■

Fritz Hendrick Melle

Autor

Fahren gegen die Ohnmacht

Am Internationalen Frauentag, gegen 8 Uhr am Morgen, beluden wir das Auto mit Paketen voller medizinischem Bedarf – Verbände, Infusionen, OP-Bestecke, Kompressen. Lauter Dinge, die gebraucht werden, wenn ein Land gerade mit Krieg überzogen wird. Am Vortag hatte ich einen Anruf bekommen, ob ich bereit wäre, eine Fuhre dringend benötigter medizinischer Güter an die ukrainische Grenze zu fahren. Ich hatte mich auf FB in eine Liste eingetragen. Klar hatte ich »ja« gesagt und natürlich hatte ich Schiss, ein mulmiges Gefühl im Bauch. Knapp tausend Kilometer sind es bis zur Grenzstation, an der ein ukrainisches Team die Sachen entgegennehmen sollte. Tausend Kilometer näher am Krieg. Am Abend vorher war ich mit Paul und ein paar Freunden essen. Als ich mich mit dem Hinweis auf meine Ukrainefahrt früh verabschiedete, sagte Paul spontan: »Ich komm mit.« Danke Paul, das werde ich Dir nie vergessen.

Wir verließen Berlin bei strahlendem Morgensonnenschein, um dann immer die A 4 runterzufahren, über Wroclaw, Katowice Richtung Ukraine. Wir gaben Sasha vom Hilfsnetzwerk von Zeit zu Zeit über WhatsApp unseren Standort durch, die ungefähre Ankunftszeit. Auf der Höhe Katowice war klar, dass die Grenzstation auf der A 4 völlig überlaufen war. Wir wurden zur Grenze nach Hrebenne umgeleitet. Es war ein Aufschlag von etwa hundert Kilometern, aber wir waren nicht zum Spaß unterwegs. Aus den Boxen ballerten meine Soundcloud-Lieblingsstücke der letzten zwei Jahre; Paul nickte neben mir im Takt. Es ist großartig, mit Menschen unterwegs zu sein, mit denen man behaglich schweigen kann. Ab und zu überholten wir polnische Militärkolonnen Richtung Ost. Das GPS zeigte, dass wir gegen 18 Uhr unser Ziel erreichen würden – wenn alles klappt.

Von Sasha kam die Nachricht, dass wir uns mit einer Victoria treffen würden und ein Foto des Nummernschildes. Victoria fuhr einen alten VW Bulli. Wir schickten Fotos von unseren Pässen, damit sie wusste, wer wir waren. Die Landschaft war weit und friedlich; stille Ort, noch Spuren von Schnee auf den Felder. »Hättest Du das so erwartet?«,

fragte ich Paul. Er verneinte. Victoria würde später kommen. Sie wollte noch auf eine Mutter mit Kind warten, die wir nach Berlin mitnehmen sollten. Wenn die Mutter nicht käme – sollten wir dann andere Menschen mitnehmen?, fragte Sasha über WhatsApp. Klar sollten wir das.
Die Station in Hrebenne sah aus wie ein Campingplatz. Hilfsdienste hatten ihre Zelte aufgebaut. Die polnische Polizei war überall präsent. Was wir hier wollen, wurden wir gefragt. Medizinische Hilfsgüter für unsere ukrainischen Freunde übergeben. Alles klar, das war unser Passierschein. Wir parkten. Es war saukalt. Ich holte heißen Tee bei einem Helfer. Ich wollte zahlen, ich wollte spenden – keine Chance.
Von Sasha kam die Nachricht, dass die Schlange an der polnischen Grenze sehr viel länger sei als erwartet. Menschen kamen einzeln und wurden von ihren Lieben empfangen. Wer nicht empfangen wurde, wurde von den Helfern umsorgt. Die Stimmung war gespannt, aber liebevoll. Jeder war für jeden da – und wenn nur mit einem freundlichen Blick. Es war damit zu rechnen, dass es noch vier Stunden dauern würde. Wir wollten schon lange wieder auf dem Rückweg sein. Krieg macht einfach jeden Zeitplan kaputt.
Nach einer Stunde kamen Victoria und ihre Fahrerin. Der Bulli war voller Frauen und Kinder. Die Flüchtlinge aus der Ukraine sehen nicht aus wie die Flüchtlinge, die wir aus dem Fernsehen kennen. Sie sehen aus wie unsere Nachbarn, die aus dem Urlaub zurückkommen. Sie haben Rollkoffer und schicke Steppmäntel an. Und dann schaust du in ihre Augen und du siehst das ganze Grauen des Krieges.
In wenigen Minuten war der Skoda ent- und der Bulli beladen. Wir machten Fotos, um zu dokumentieren, dass alle Hilfsgüter bei denen ankamen, die sie brauchten. Wir machten ein paar Selfies. Noch einmal ein dicker Drücker und wir waren auf dem Weg zurück.
Auf dem Rücksitz schlief eine Mutter, ihre Tochter im Arm, die sich in die Decke gekuschelt hatte, die ich von meiner Frau zu Weihnacht geschenkt bekommen hatte. Sie waren drei Tage von Kiew hierher unterwegs gewesen. Das Auto war Sicherheit. Paul und ich lächelten uns zu, schlugen die Fäuste gegeneinander: alles richtig gemacht. Es begann zu schneien.
Am Mittwochmorgen 7 Uhr und 2000 Kilometer später übergab ich die Frau und ihre Tochter ihrer Schwester, die schon seit Jahren in Berlin lebt.
Wir haben uns lange und fest umarmt. Krieg bringt das Schlechteste in Menschen hervor. Aber es aktiviert auch das Beste; offene Herzen und die Bereitschaft, füreinander einzustehen. Es ist nicht viel, was jeder Einzelne tun kann. Aber wenn viele es tun, sind wir unbesiegbar.

■

Marcus Mötz

Moderator, Autor, Sprecher

Hang the DJ

»Die Invasion habe vielen Kindern und Jugendlichen ihr Zuhause gekostet, es seien Verletzte und auch Tote zu beklagen, hieß es vom Berufsverband der Kinder- und Jugendärzte BVKJ.«
Dann das Wetter und der Verkehr.
Sonja zieht den Regler für ihr Mikro runter und setzt die handgroßen Kopfhörer ab.
Holger liest den nächsten Songtitel vom Monitor ab.
»Meinst du, wir können diese Nummer jetzt bringen?«
Er nimmt ebenfalls die Kopfhörer herunter und schaut seine Kollegin über die Brillengläser an.
»Klar, warum nicht?«
Dann ist es schon soweit: Ein euphorisches Schlagzeug, Zweivierteltakt, dazu ein Bläsersatz – »Walking on Sunshine«
»Ist doch ein super Song!« Sonja nimmt einen Schluck Kaffee. »Perfekt für den Frühling.« Am liebsten würde sie durchs Studio tanzen.
»Ich weiß nicht, ist das nicht irgendwie …«
»Was?« – »Pietätlos?« Sonja blickt zu Ingrid, die hinter der Scheibe sitzt und die Morningshow überwacht.
Ingrid zuckt mit den Schultern und wendet sich ihrem Bildschirm zu.
»Ja, irgendwie schon …« Holger setzt die Brille ab und reibt sich die Augen, als hätte er die Nacht durchgemacht.
»Das sehe ich überhaupt nicht so.« Sonja hat das Gefühl, sich verteidigen zu müssen, ähnlich wie Selenskyj.
Sicher nicht in einem so großen Stil, denn hier, in der Georgenstraße ist es friedlich. Hier fliegen weder Kugeln noch Bomben, höchstens ein paar Pollen. Lachhaft. »Ich lass mir doch von einem Putin nicht vorschreiben, welche Musik ich spiele. Wo kämen wir denn da hin? Sollen wir

nur noch Trauermärsche senden, oder was?«
»Nein, das hat ja keiner gesagt ...« Holger hat wenig Lust auf eine Diskussion um diese Uhrzeit. Genau genommen hätte er auch am Nachmittag keinen Nerv dazu.
Sonja steht auf und singt den Refrain mit: »I'm walking on sunshine, whoa!« Mit ihren Armen macht sie ausufernde Bewegungen, als würde sie in einem riesigen Kochtopf rühren. »I'm walking on sunshine, whoa!« Ingrid schaut skeptisch durch die Scheibe, wovon sich Sonja jedoch nicht beirren lässt. »I'm walking on sunshine, whoa!« Sie macht eine ausladende Geste. »And don't it feel good?«
»Boah, ich weiß nicht ...« Holger hat das Gesicht in seinen Händen vergraben. »Spielst du damit nicht diese ganzen Gräueltaten herunter?« Er blickt auf. »Ich meine, da werden Kinder getötet. Schwangere. Unschuldige Zivilisten. Und du trällerst ›Walking on sunshine‹!«
»Hört doch keiner. Mein Mikro ist doch gemutet.«
»Mensch, darum geht's doch gar nicht.« Holger verliert allmählich die Geduld. Das will was heißen.
»Meinst du, wir helfen den Ukrainern damit, Trübsal zu blasen? Das macht uns doch nur selbst unnötig krank! Im Gegenteil, ich denke, wir sollten jetzt erst recht unsere Demokratie, unsere Freiheit feiern. Wir können spielen, was wir wollen. Und wir können sagen, was wir wollen. Wir können das Kind beim Namen nennen und das, was über tausend Kilometer östlich von hier passiert, als ›Krieg‹ bezeichnen, ohne dass wir Angst haben müssen, verhaftet zu werden. So musst du das mal sehen.« Sonja setzt sich wieder hin und trinkt ihren Kaffee aus. Ingrid tut so, als würde sie am Bildschirm kleben und nichts mitbekommen von der Diskussion hinter der Scheibe.
Entgegen den üblichen Abläufen in der Sendung schiebt Holger spontan den nächsten Song ein. Er beginnt ebenfalls fröhlich, mit Schlagzeug und Gitarren. »Siehst du, geht doch.« Sonja ist zwar irritiert über die fehlende Zwischenmoderation, gleichzeitig aber auch zufrieden mit der Songauswahl, obwohl ihr der Titel nichts sagt.
»›The Smiths – Panic‹?«, liest sie vom Monitor ab.
»Japp!« Holger lehnt sich zurück. »Achte mal auf den Text.«
Sonja tut ihm den Gefallen und schenkt sich nebenbei Kaffee nach.
»Handelt von irgendwelchen Unruhen in London und Birmingham ...«
»Genau.« Holger nickt, sichtlich zufrieden mit der schnellen Auffassungsgabe seiner Kollegin. »Am Ende wird's richtig spannend.«
Ingrid kommt aus ihrem Regieraum heraus.
»Darf ich mal erfahren, was hier los ist?«
»Pssst ...« Holger hält den Zeigefinger vor seine Lippen.
Sonja umklammert ihren Pott und wartet auf die Stelle, die Holger meint. »Wie bitte? ›Hang the DJ‹? Man soll den DJ hängen?«
»Ganz genau! Und weißt du auch warum?« Holger beugt sich zu Sonja vor. Sie antwortet nicht. »Weil dieser DJ einen Wham-Song gespielt hat, direkt nachdem sich die Nuklearkatastrophe in Tschernobyl ereignete.« Eindringlich blickt er Sonja an. Sie schaut weg. Ingrid starrt ebenfalls zu Boden. Holger schaltet sein Mikro ein, denn jetzt wird es wieder Zeit für eine Moderation.
■

Marie Kölzer

Rentnerin

Stell dir vor, es ist Krieg, ...

Stell dir vor, es ist Krieg, und du bist mittendrin.
Die Sirenen heulen, die Straßen sind leer. Du sitzt mit vielen Menschen in der U-Bahnstation. Nach der Entwarnung erfährst du, dass Einschläge am Stadtrand einen Wohnblock getroffen haben. Menschen wurden verletzt. Die Krankenhäuser füllen sich. Der Krieg ist da.
Du bist eine junge Frau, du hast Kinder. Die Angst um sie ist kaum zu ertragen. Du musst deine Kinder in Sicherheit bringen. Noch gibt es Benzin. Die Nachbarn nehmen euch mit zur Grenze.
Du bist der Vater der Kinder, der Ehemann der jungen Frau. Du musst deine Familie alleine fliehen lassen. Du musst für dein Land kämpfen, weil du ein Mann bist.
Du bist die Mutter der jungen Frau, die Großmutter dieser Kinder. Du entscheidest dich zu bleiben und schließt dich einer Widerstandsgruppe an. Ihr baut Molotowcocktails, mit denen ihr die Feinde erwarten werdet.

Du bist ein Mann oder du bist eine Frau. Du lehnst Gewalt grundsätzlich ab und glaubst an ein friedliches Miteinander, an Respekt und Diplomatie. Du glaubst fest daran, dass Krieg in keinem Fall eine Lösung ist. Du willst nicht töten. Und du erinnerst dich an den Satz über den Krieg, zu dem keiner hingeht.
Du siehst dich um. Siehst, dass der Krieg schon da ist. Auch wenn dein Volk sich wehrt, der Feind ist machtvoll. Strom gibt es nicht, die bittere Kälte und der Schnee sind ebenso schlimm wie der Hunger. Lebensmittel sind knapp. Ganze Städte liegen in Trümmern. Der Tod macht Überstunden. Und du stellst dir vor, dass alle die Waffen niederlegen und sich friedlich den anrollenden Truppen entgegenstellen. Ihr würdet den Feind bitten, es euch gleich zu tun, weil ihr doch Brüder und Schwestern seid. Doch du weißt genau, dass sie nicht anhalten werden. Sie werden euch überrollen. Für sie bist du der gefährliche Feind. Wenn du in diesen Konvoi mitfahren würdest, würdest auch du weiter rollen. Weil du es für das Richtige hieltest. Nein? Das würdest du nicht? Das könntest du nicht? Weil du Gewalt grundsätzlich ablehnst? Auch heute noch? Du stellst fest, dass deine Welt sich verändert hat. Sie dreht in die falsche Richtung. Und dann gelingt dir zum ersten Mal die Vorstellung von dir im Kampf mit einer Waffe. Du spürst den Schmerz über das, was dieser Krieg mit dir gemacht hat. Denn wenn du weiterspinnst, was folgen wird, wenn dein Volk die Waffen niederlegen würde, dann siehst du ein Leben unter der Diktatur. Ein Leben ohne Menschenrechte, ohne Freiheit. Ein Leben, dass du ganz gewiss nicht leben willst, leben kannst. Du siehst kein Entkommen. Und dir wird speiübel. Mit dem Mut der Verzweiflung stellst dir vor, es ist Krieg und diesmal kämpfst du mit. Du hast eine Entscheidung getroffen. Und von ganzem Herzen hoffst du, dass es die richtige ist. ■

Nelia Dorscheid

Autorin

Hel

Wir hatten einen Fox, den nannten wir Terror, denn er verbiss sich vorzüglich in die Ratten, und setzten wir ihm die Gasmaske auf, so sah er aus wie einer dieser englischen Bullterrier mit ihren hässlichen trichterförmigen langen Schnauzen, und mein Pferd, das war Hel, falb und stark, wie aufgehende Hefe, auf der Stirn trug es einen hellen Fleck. Als es die Räude bekam, brachte ich es hinter die Linien, in eine Vergasung mit Schwefeldioxyd. Dann aber, in der Dämmerung, gerade als ich es herumführte und zurück in den Stall bringen wollte, ging es in die Knie. Derweil ich, gleichsam niederkniend, die Hände wie zur Abwehr erhoben, überlegte, was zu tun sei, waren andere auf uns aufmerksam geworden und sprangen herbei, doch schon sank das Tier seitwärts, als wolle es mir zärtlich seinen Bauch, rund und warm, zuwenden. Nur den Kopf hielt es noch erhoben, da es immer wieder versuchte, sich neu aufzurichten. Bald aber wurde es schwächer und ließ ihn ganz sinken. Man versuchte mich von ihm fortzuziehen, hielt bereits ein Gewehr bereit, da entstand ein Moment großer Trauer, wie man nur angesichts des Lebens trauert, dieses willfährigen, treuen Tieres, Überlebendes einer längst verschollenen Schwadron, weit im Osten, wo ihre Reiter sie wie Träume jagen, das bald, vor eine Protze gespannt, im Morast versinken würde. Ich kniete neben Hels Kopf und er blickte mich an. Als ich aber nach einiger Zeit, während derer ich an nichts Bestimmtes gedacht hatte, oder dies zumindest glaubte, derweil es doch dunkel geworden war, aufstand und mich einige Schritte entfernte, sah ich im Auge des Falben den Blick sich wie eine Schraube im Glanze drehen, bald aber sie sich wieder zurück, wie in das blinde Schloß einer Kammer, winden und matt, ohne Blick, wuchs sein Auge zur Nacht. Dass er müde sei, Hel, sagte ich, und dass jedes Kind einmal seine Rettung an ein Pferde binde; in manchem Märchen trügen sie einen milchenen Stern vor sich her, ihre Herzen rennen an, und sie künden von Freude.

■

Holger Kellmeyer

Lehrer, Autor

Geisterparabel

Kleine Geister haben sich langsam überall im Zimmer eingenistet.
Es ist ein wahnsinniges Gewusel geworden.
Bis sie sich eines Tages großgefressen haben; sie ernähren sich nämlich von dem Lärm, den sie sich gegenseitig machen. Deswegen sind es auch immer schnell so viele Geisterchen auf einmal. Sie suchen die Nähe voneinander, und können dann voneinander zehren. Es macht ihnen auch erst einmal nichts aus, dass sie so wenig Platz in den Ecken haben, in denen sie sitzen.
Bis es ihnen dann eines Tages wohl doch zu viel geworden ist. Ich hatte es eben versäumt, sie mir rechtzeitig aus dem Haus zu schaffen, weil ich auch ihnen gegenüber tolerant sein wollte.
Obwohl es inzwischen große Geister geworden sind, machen sie nichts anders, als zu jener Zeit, da sie ganz klein waren: Sie krakeelen, schimpfen, rempeln und nagen ein wenig die Wände an. Nur eines ist jetzt hinzugekommen, jetzt da hier der Platz eng geworden ist: Sie konzentrieren ihren Hass nun auf mich. Sie fordern, dass ich das Haus verlassen soll, schmieden Pläne und argumentieren, wieviel mehr Platz das Häuschen doch bieten würde, wenn ich erstmal nicht mehr da sein werde. Sie überlegen sogar, eine Mauer um mich herumzuziehen, um sich frei und ungezwungen zu fühlen.
Wenn ich manchmal das Haus kurz zum Einkaufen verlasse, frage ich mich, wie die Zimmer wohl sein werden. So ganz ohne mich: Ein Haus voller Lärm und Gerangel, voller Hass und voller Enge, voll kleiner Geister, die sich gegenseitig anschreien, weil sie sich vom Geschrei ernähren und nur glücklich sind, wenn alles tost und tobt und brandet und braust.

■

Matthias Schäfer

Logopäde

Wenn

Wenn jetzt Frieden wäre,
könnten die Kinder ohne Angst in den Gassen spielen,
könnten Mütter ihre Söhne vor der Arbeit küssen,
würden die Ketten der Panzer Rost ansetzen,
bevor sie zerfallen.

Wenn jetzt Frieden wäre,
wären U-Bahnhöfe nur zum Warten
auf Züge bestimmt,
und nicht zum Warten
auf das Ungewisse.

Dann würden die Aktien von Heckler und seinem Koch
ins Bodenlose sinken
und Menschen vor Freude und nicht gegen Angst
und Verzweiflung singen.

Wenn jetzt Frieden wäre,
könnte ich den Konjunktiv aus diesem Text streichen,
könnten Kinder Kinder sein,
und Männer – Männer statt Soldaten.

(... wenn)

Wenn jetzt Frieden wäre,
stünden die Farben Blau und Gelb
für den Himmel und die Kornfelder.

Wenn ...

■ ■ ■